Explore 小探索者人文系列

卓越的著作

Zhuo Yue De Zhu Zuo

田战省 主编

吉林出版集团
北方妇女儿童出版社

图书在版编目（CIP）数据

卓越的著作/畲田编写. —长春：北方妇女儿童出版社，
2009.12（2019.4 重印）
（小探索者人文系列/田战省主编）
ISBN 978-7-5385-5192-1

Ⅰ. 卓… Ⅱ. 畲… Ⅲ. 历史—青少年读物 Ⅳ. Q95-49

中国版本图书馆 CIP 数据核字（2007）第 149017 号

探索 人文系列

卓越的著作

主　　编	田战省
出版人	李文学
策　　划	刘　刚
责任编辑	金敬梅　王　贺
装帧设计	李亚兵
图文编排	李智勤　苪乃千
开　　本	787mm×1092mm　16 开
字　　数	50 千字
印　　张	6
版　　次	2011 年 1 月第 1 版
印　　次	2019 年 4 月第 3 次印刷

出　　版	吉林出版集团　北方妇女儿童出版社
发　　行	北方妇女儿童出版社
地　　址	长春市人民大街 4646 号
	邮编：130021
电　　话	编辑部：0431-85634730
	发行科：0431-85640624
网　　址	http://www.bfes.cn
印　　刷	天津海德伟业印务有限公司

ISBN 978-7-5385-5192-1　　　定价：21.00 元

前

Foreword

言

文学是金戈铁马、气吞万里的豪迈和洒脱；是清泉涓涓、流水潺潺的恬静和婉约。文学可以丰富知识，启迪智慧，陶冶情操，无论你所受教育的程度如何，都可以从文学中领悟到美，所以就不难理解为什么在美学中把文学艺术的美排在第一位了。

本书精选了古今中外四十余部伟大的著作，《荷马史诗》带我们穿越时空隧道，回到了古希腊战马嘶鸣的战场；《史记》把波澜壮阔的历史画卷展现在我们眼前，让我们震撼于历史的恢弘与博大；《悲惨世界》让我们感悟到人性中的真善美，从而使我们的心灵更加纯净……相信这一部部伟大的著作不仅会给你带来美妙的视觉盛宴，也会荡涤你的心灵，甚至会改变你的人生观。

为了便于青少年朋友的理解，本书精心挑选了多幅珍贵的插图，配以优美的文字，定会给你的阅读带来新的体验。希望青少年朋友能在阅读中接受文化与精神的洗礼，培养坚强的人格品质。阅读好书由此开卷，完善人生从此开始。

目录
Contents

经典名著 >>>

在 漫长的历史长河中,生活在不同地区的人创造了丰富多彩的文化和灿烂的文明,由此诞生了许多对人类有着深远影响的精神创造,这些精神创造以文字记录,成为今天我们所称的"名著",那么名著有什么样的影响呢?

史书是指专门记载历史的书籍,狭义的说法是指记载历史的古籍,图为罗马史人邀请邻邦萨宾人参加宴会,但同时又悄悄攻入萨宾城,劫夺了许多年轻貌美的妇女。

荷马史诗是相传由古希腊盲诗人荷马创作的两部长篇史诗《伊利亚特》和《奥德赛》的统称。古希腊时根据荷马史诗所绘的图。图中为海伦和普利亚摩斯。

历史著作

历史著作是对一段时间内部分或所有人类活动的记录,在记录技术匮乏的古代,历史著作不仅向后人展示了早期人类波澜壮阔的征服自然的过程,也是教导后人如何在人类社会发展的历史潮流中,把握自己命运之舟不偏离搁浅。因此,一本好的历史书,是一份给予全人类的馈赠。

史诗

史诗是人类文化中一项影响深远的思想作品,它以诗歌的形式讲述历史风云变迁,使枯燥的历史变革,成为朗朗上口的文学作品。尽管史诗多以歌颂英雄人物为主,却承担起传承失落的历史的职责,成为人类社会早期不可缺少的思想作品。在世界历史上诞生过许多史诗,其中可称为名著的很多,比如众所周知的《荷马史诗》。

文学作品

　　无论是韵律错落有致的诗歌，还是情节曲折的故事小说，都展现出文学作品特有的魅力，文学作品是文化世界里不可缺少的一部分。古往今来，无数文学大师创造了许多脍炙人口的文学杰作，许多作品歌颂人性中共通之处，散发出浓郁的人文气息，其价值不会随着时间的流逝而消散，成为人类文学史上的经典名著。

汉斯·克里斯蒂安·安徒生，丹麦作家，诗人，因为他的童话故事而世界闻名。图为《拇指姑娘》插画，虽然拇指姑娘小得微不足道，却拥有远大的理想，向往光明和自由。

思想作品

　　人类不同于动物的最大特点就是有自己的思想，也会学习别人先进的思想，并对自己的思想加以整理和传播，由此诞生出许多思想杰作。历史上有名的思想著作，涉及哲学、人生、科学等等，它们对后世的进步有着不容忽视的指导价值。无论一个人希望自己向着什么方向发展，总会有一部思想杰作使其事半功倍。

苏格拉底对话录是一系列由柏拉图和色诺芬所写的对话记载，记载了苏格拉底与其他当代人物的对话，或与他的学生之间进行的讨论。柏拉图的《斐多篇》便是对苏格拉底晚年的记载之一。图为《苏格拉底之死》，由雅克·路易·大卫所绘(1787年)。

荷马史诗

《荷马史诗》是欧洲叙事诗的典范，是一部英雄与美丽女神的神话传说，更是一部最伟大的诗歌与历史交融的作品。作品中宏大的战争场面、可歌可泣的英雄情结，感染了一代又一代人。

画家布格罗以写实主义手法创作了《荷马和他的向导》，真实地描绘了这位伟大的盲诗人在与他共命运的小向导的引导下，走遍希腊各地搜集整理民间传说的情景。

孤独的歌者

公元前9世纪，一位孤独的老人衣衫褴褛，背着七弦竖琴，四处漂泊，在竖琴的伴奏下开怀吟唱，内容是流传了几个世纪的关于英雄的神话故事。歌声时而高亢激昂，时而低沉委婉，时而略带悲伤……老人所到之处，都会引来许多听众。后来，人们把这些美丽的神话故事整理成一部伟大的作品，它就是《荷马史诗》。

开创伟大的时代

公元前11世纪—前9世纪的希腊史称"荷马时代"，因《荷马史诗》而得名。《荷马史诗》是这一时期唯一的文字史料。《荷马史诗》包括《伊利亚特》和《奥德赛》两部分，它们是希腊人由野蛮时代进入文明时代的社会缩影。

木马屠城

这个有名的故事出自《伊利亚特》，描述了一场

18世纪画家蒂波罗根据荷马的作品《伊利亚特》描述的内容所作的画《木马计》。

悲壮的战争:特洛伊王子帕里斯拐走了希腊斯巴达国王的妻子海伦,由此引发了双方长达十年的战争,仍未分出胜负。后来,希腊联军中一位足智多谋的将领设计制造了一具大木马,内藏希腊士兵,诱使敌人拖入特洛伊城内,里应外合攻下特洛伊城。最终,海伦被带回希腊。

影响深远

《荷马史诗》是希腊文明的主要遗产之一,它的内容曲折离奇,语言瑰丽多彩,结构精巧清晰,充满了浓郁的浪漫主义色彩,堪称古希腊的一部社会史、风俗史,具有很高的价值。它不但是古代人民的生活百科全书,也是欧洲史诗的典范和文学艺术的宝库,游吟诗人荷马也因此成为伟大文学的体现和象征。

精彩篇章

《荷马史诗》里的许多诗句至今仍为人们所称颂,如:"我的生命是不能贱卖的,我宁可战斗而死去,不要走上不光荣的结局,让显赫的功勋传到来世。""在一切大地上呼吸行动的生物当中,人类是大地所生的最软弱无能的;当上天给他们勇力,使他们手脚灵敏的时候,他们从不想将来会遭到不幸;可是当幸福天神们降下悲惨命运的时候,他们也只好忍受苦难。"

油画《荷马的礼赞》是绘画大师安格尔于1827年所作。在稳定的金字塔式构图中,描绘了胜利女神给荷马加冕的情景。围绕在周围的是历代著名的作家、美术家和音乐家,充分显示了作者对古典文化的景仰。此画现藏于巴黎罗浮宫。

罗摩衍那

《罗摩衍那》是一部用梵语写成的诗歌,它与《摩诃婆罗多》并列为印度两大史诗。《罗摩衍那》的艺术风格朴素无华、简明流畅,几千年来,它在印度一直被奉为叙事诗的典范,对印度文学、宗教的发展有相当大的作用。

罗摩率猴兵与魔王罗波那的魔兵交战的情景。

离奇的身世

关于《罗摩衍那》的作者一直有很多争议,但大部分都认为是古印度的诗人蚁垤。他的生卒年代不详,按照传说,他原出身于婆罗门家庭,因被遗弃,被迫以偷盗为生。后来在仙人指引下修炼苦行,因长期静坐不动,反复默念"摩罗",以致全身埋在蚂蚁筑窝的土堆中,由此得名蚁垤。

传说中的罗摩

罗摩和悉多结束流放,重回宫廷后,向神猴哈奴曼致谢。

罗摩是印度古代传说中的人物,是毗湿奴的化身。他杀死魔王罗波那,确立了人间的宗教和道德标准,印度人世世代代景仰这位英雄,他已成为人们心中理想的英雄的化身。

罗摩和悉多的生死情

《罗摩衍那》以罗摩和妻子悉多的爱情悲欢离合为故事主线,表现了印度古代宫廷和列国之间的斗争。罗摩是十车国国王的长子,为了不使父亲在立太子一事上为难,甘愿和妻子一起流放。在流放中,悉多被魔王罗波那劫走,罗摩在神猴哈奴曼的帮助下,救

出了妻子。流放期满后，罗摩回国登基为王，却听信了关于悉多不贞的谣言，他忍痛把怀孕的妻子丢在恒河岸边。后来，悉多得到仙人的帮助，生下了一对孪生子。仙人安排她与罗摩相会，悉多以死证实了自己的贞洁，最后他们全家在天堂相会了。

久盛不衰

《罗摩衍那》不仅在印度广为流传，在亚洲其它地区也影响深远。它对于印度的圣河——恒河的描绘，更是脍炙人口。这对于鼓舞印度人民热爱祖国的大好河山起到了很大的作用。中国著名神话小说《西游记》中的孙悟空的形象，有人说是来自《罗摩衍那》中的神猴哈奴曼。

精彩篇章

不管遇到多么大的不幸，罗摩呀!也不该抑郁沮丧。最优秀的人!你要如实地利用你的智慧仔细思量，那些具有大智慧的人们知道什么是恶，什么是善。有大智慧的人!你的聪明连神仙们也无法去揣度;你的智慧被忧愁遮住了，现在我提醒你，你要看到你自己的神仙的和凡人的勇气!

楞伽岛十首魔王罗波那劫走悉多，罗摩与猴国结盟，在神猴哈奴曼及猴群相助下，终于战胜魔王，救回悉多。

山海经

《山海经》是中华民族最古老的奇书之一，这部奇书包罗万象，堪称我国古籍中内容最丰富的典范，为研究上古时代提供了宝贵资料。精卫填海、女娲补天等著名的神话传说都出自《山海经》。

古老地理书

《山海经》是先秦时代的古籍，主要记述了古代天文、地理、物产、神话、巫术、宗教、民俗等方面的内容，还有一些奇闻轶事，被认为是我国最古老的地理书。《山海经》保留了大量远古时期的史料，是中国各代史家的必备参考书。

古代中国神话的基本来源就是《山海经》，其中最著名的包括：后羿射日、黄帝大战蚩尤、共工怒触不周山等。上图描绘的是共工怒触不周山的情景。

图文并茂

据史实家考证，《山海经》的母本可能有图，是以"以图叙事"的方式写成的。也就是说，书中的内容是对一幅图画中内容的写照。但是，这些图早已丢失，只有文字流传下来。我们今天看到的《山海经》中都有插图，但那只是后人根据书中的内容想象增补的，并不是最初的古图。

女娲补天的传说

女娲补天是《山海经·水经注》中一个经典的神话传说。传说水神共工和火神祝融

女娲双臂一挥，把被洪水冲走的树木收拢到一起。她又从大江大河里挑选出许多石子，将它们放在特制的火炉里，熔炼成五彩的石浆。她用这些五彩石浆填补天空中的窟窿，最终天上的窟窿全都被填上了。更加令人惊喜的是，那些五色石浆还形成了五彩的朝霞和晚霞。

蚩尤是上古时代九黎族的部落酋长，传说他有八只脚，三头六臂，铜头铁额，刀枪不入。为了争夺天下，他与黄帝在涿鹿展开激战。黄帝请众神相助，终于打败蚩尤。此后，各个部落的首领都尊奉黄帝为天子。黄帝带领百姓，开垦农田，定居中原，奠定了华夏民族的根基。

打了起来，结果祝融打胜了，共工一气之下把头撞向了不周山。不周山崩裂了，支撑天地之间的大柱断折了，天出现了一个大窟窿。女娲目睹人类遭受如此苦难，决定补天。她用各种各样的五色石子，架起火将它们熔化成浆，用这种石浆将残缺的天窟窿填好，随后又斩下一只大龟的四脚，当做四根柱子，把倒塌的半边天支起来，从此，人民又重新过上了安乐的生活。

出自谁手

《山海经》的书名最早见于《史记》，但直到汉成帝时，刘向、刘歆父子奉命整理古籍，这部奇书才公之于众。关于它的作者是谁至今仍是人们争论的话题，刘向、刘歆父子和东汉的王充认为，《山海经》的作者是大禹和伯益，但也有人认为《山海经》并非出自一人之手，而是历朝历代人的智慧结晶。

精彩篇章

《山海经·北山经》里有这样一段话："炎帝之少女名曰女娃。女娃游于东海，溺而不返，故为精卫，常衔西山之木石，以堙于东海。"意思是，太阳神炎帝有一个小女儿，名叫女娃。有一次，女娃在东海游泳，不幸被淹没了，于是化为了精卫，常常以木头和石块来填东海，希望把东海填平。

伊索寓言

在世界文学宝库里，有一本书穿越数千年时光，直到今天仍然为人们所喜爱，它就是《伊索寓言》。在这本书里，伊索用一个个小动物营造出一个人类社会的缩影。直到今天，那一个个精彩的故事仍然有着深刻的意义。

奴隶出身的作家

据记载，伊索原是萨摩斯岛雅德蒙家的奴隶，曾被转卖多次，但因他聪颖过人，最后获得自由。成为自由人后，伊索四处漫游，为人们讲述寓言故事。

今天，我们已经无法得知伊索的具体出生地，只能从一些古希腊的传说中来了解他。传说伊索曾经是埃及的一个小贵族，后来被俘虏为奴隶，带到了希腊。幸运的是，伊索在一次抵抗暴乱的战斗中立下了功劳，因此重新获得了自由。

游历雅典

获得自由之后，伊索结识了古希腊"七贤者"之一的梭伦。后来，他开始四处游历，并在途中讲述了一个又一个小故事，对自己所见到的不公平的事情进行讽刺和嘲笑。他的故事十分传奇，几乎所有故事的主角都是动物，这些动物像人一样，或者贪婪，或者愚昧，由此引出一些稀奇有趣的事情，其中富含深长的人生哲理。

小故事，大道理

《伊索寓言》中的故事都十分简短，比如脍炙人口的小故事《想要国王的青蛙》。在这个故事中，一群青蛙祈求宙斯赐予他们一个国王，于是宙斯把一只鹳赐给它们做国王。这只鹳四处捕食青蛙，青蛙们无处安身，只好请求宙斯收回这个残暴的国王。宙斯拒绝了青蛙的

《想要国王的青蛙》插图,表现的是宙斯对青蛙的数次要求十分生气,决定派一条水蛇去吃它们。

一位渔夫忙碌了一天,只捕到一条小鱼,那条小鱼祈求他说:"我现在还这么小,对你也没有什么好处,你不如把我放了,等我长大了再来捉我,这样你不是所获更多。"渔夫说:"如果我为了还无法预知的好处,而放弃了手头的利益,那我岂不是太傻了。"

请求,并说这是青蛙"得偿所愿"的结果。伊索用这个故事,讽刺了当时一些希腊人希望有一个国王统治希腊的想法。这个故事的寓意类似于"适可而止"。

不凡的影响

《伊索寓言》对后世的影响非常大,许多书籍都提到过这本书,比如《圣经》就曾在多处引用《伊索寓言》中的故事。在诞生后两千五百多年的时间里,《伊索寓言》不断出版,直到今天,它在世界文坛中仍有着不凡的影响力。

伊索每到一处,就把自己听到和创作的寓言故事讲给周围的人听,深受人民的喜爱。

15

五经

提到中国的传统文化，必然会提到"四书五经"。五经是儒家作为研究基础的古代五本经典书籍的合称，它包括《诗经》《尚书》《礼记》《周易》《春秋》。五经是儒家思想的核心载体，更是中国历史文化古籍中的宝典。

孔子名丘，字仲尼，春秋时期伟大的思想家、政治家、教育家，儒家思想的创始人。千百年来，儒家思想对中华民族产生了深远影响。

原为六经

儒家本来有六经，它们是《诗经》《尚书》《礼记》《乐经》《周易》《春秋》。相传它们都由儒家创始人之一的孔子编辑或修改的。因秦始皇"焚书坑儒"，《乐经》失传，所以流传下来的只有现在的五经。

古老的诗歌集

《诗经》是我国最早的一部诗歌总集，共收录周代诗歌305篇。原称"诗"或"诗三百"，汉代时始称《诗经》。据说《诗经》中的诗都是能演唱的歌词，按所配乐曲的性质，可分成风、雅、颂三类。"国风"是《诗经》中的精华，它生动地描述了我国古代劳动人民的生活，是我国现实主义诗歌的源头。

五经之首

《周易》也叫《易经》，在汉代时，它就被誉为五经之首。《周易》以八卦为主体，以六十四卦为经书，以信息预测而闻名，其内容涉及天文、地理、气象、历法、数学、物理、化学等领域。《周易》中有许

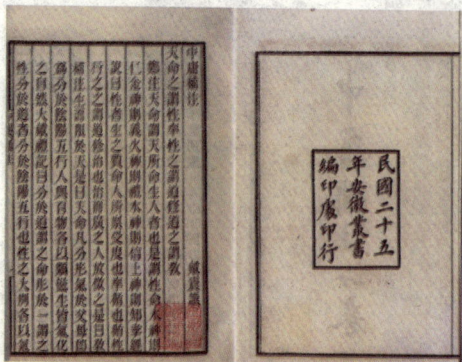

民国25年(1936)，安徽丛书编印处出版的《中庸》的影印本。

多有价值的方法和思想，如简单性原则、相似性原则、循环原则以及无穷演化的思想等。关于《周易》的作者说法不一，传说是伏羲氏画卦，周文王做辞，孔子作传，但这一说法并不可靠。

《礼记》全书用散文写成，其中的一些篇章具有很高的文学价值。

"微言大义"的经典

《春秋》是我国编年体史书之祖，它的语句极为简短，几乎没有描写的成分，但语言十分严谨精练。《春秋》最突出的特点就是寓褒贬于记事的"春秋笔法"，相传孔子按照自己的观点对一些历史事件和人物做了评判，并选择他认为恰当的字眼来暗寓褒贬之意，因此《春秋》被后人看做是一部具有"微言大义"的经典。

《诗经》中的许多诗歌意境清远，语言优美，对后世中国文学影响深远。

《诗经》无论在思想上还是在内容上都具有高度的成就。对于《诗经》的编撰者，历来有不同的说法。有人认为是孔子编纂的，也有人认为是周朝的太师编纂的。

精彩篇章

"天行健，君子以自强不息；地势坤，君子以厚德载物。"这段话出自《周易》，意思是说君子应该像天宇一样运行不息，即使颠沛流离，也不屈不挠；如果你是君子，胸怀就要像大地一样广阔，没有任何东西不能承载。

论语

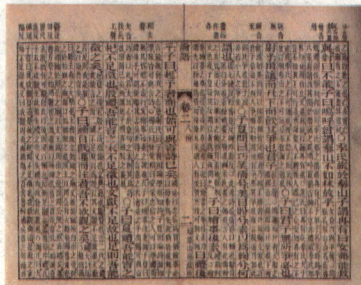

《论语》大约成书于战国初期，是儒家学派的经典著作之一，由孔子的弟子和再传弟子编辑而成。书中记录了孔子及其弟子的言行，集中体现了孔子的政治主张、论理思想、道德观念及教育原则等。《论语》中的许多精华内容都值得后世借鉴和学习，成为中华民族的国学之粹。

《论语·八佾第三》

至圣先师

被奉为儒家经典著作的《论语》，是一部记录孔子一生言行的资料汇集。这部书以忠实记录的方式，体现了孔子生平所追求的理想，以及待人处世的哲学，所以孔子是整部《论语》的核心人物。正是因为这样，《论语》成为后世研究孔子一生重要经历和思想变化的最主要的资料书籍。孔子的思想对后世有着巨大的教育意义，因此被奉为"至圣先师"。

首创语录体

语录体是一种中国文体。常用于门人弟子记录导师的言行，有时也用于佛门的传教记录。偏重于只言片语的记录，不重文彩，不讲篇章结构，不讲篇与篇之间甚至段与段之间在时间及内容上的必然联系。《论语》内容丰富，文字简短，是我国现存最早用语录体记录的古籍。其中不少经典名句蕴含丰富的人生哲理和人生经验，成为人们所奉行的经典格言。

《孔子讲学图》描绘了孔子讲学的情景。孔子从30岁左右开始讲学，此后培养出大批有才干的学生。

《孔子圣迹图》描绘了孔子周游列国，游说诸王的情景。

儒家思想

《论语》作为儒家思想的经典，充分反映了孔子的思想体系。孔子思想体系中的核心就是"仁"。"仁"是指个人修养，也是人与人相处之道，它更可以提升到理想社会的高度。孔子"仁"的思想，其基本涵义有两点：一是"爱人"，即人与人之间要友善相亲，相互帮助；二是"仁心"，即有了仁心才能安身立命。以"仁"为核心的儒家思想深深地影响了中国几千年的封建社会制度。直到现在，儒家思想还是中华民族思想文化的根基。

半部论语治天下

《论语》共20篇，492章，内容非常丰富，与《大学》《中庸》《孟子》《诗》《书》《礼》《易》《春秋》并称"四书五经"。它是研究孔子思想的重要依据，在我国思想史、文化史和教育史上都有很深远的影响，在世界文学史上也占有重要地位，所以有"半部论语治天下"之说。

精彩篇章

子曰："学而时习之，不亦说乎？有朋自远方来，不亦乐乎？人不知而不愠，不亦君子乎？"这句话出自《论语》，意思是学了又时常温习和练习，不是很愉快吗？有志同道合的人从远方来，不是很令人高兴吗？人家不了解我，我也不怨恨、恼怒，不也是一个有德的君子吗？反映出孔子学而不厌、诲人不倦、注重修养、严格要求自己的主张。

楚辞

《楚辞》是我国第一部浪漫主义诗歌总集。由于诗歌的形式是在楚国民歌的基础上加工形成，篇中又大量引用楚地的风土物产和方言词汇，所以叫"楚辞"。《楚辞》具有很高的艺术价值，对我国文学影响深远。

屈原，名平，字原，战国时期楚国人。屈原是中国最早和最伟大的诗人之一，创立了"楚辞"这种文体。

贵族出身的作家

屈原（前340—前278），名平，出身于楚国的贵族家庭。起初他颇受楚怀王的信任，被任命为高官，他主张改良内政，联齐抗秦。但楚怀王由于受到小人的唆使，渐渐疏远屈原。结果楚怀王被秦国诱去，囚死在秦国，屈原被放逐。公元前278年，秦国攻下楚国国都，屈原对前途感到绝望，于同年农历五月初五日投汨罗江自杀。

借诗歌抒怀

屈原看到国势日衰，又无能为力，只好以诗歌来抒发自己忧国忧民的心情。他吸收南方民歌的精华，融合上古神话传说，创造出一种新体诗。西汉末年，刘向将屈原等人的作品整理成集，定名《楚辞》。《楚辞》充满了浓烈的激情和奇幻的想象，被认为是我国浪漫主义诗歌创作的源头。

独领风骚

《离骚》是楚辞的首篇，也是屈原最重要的代表作品，这首近2500字的长诗，叙述了诗人的身世和志向，通过表现诗人一生不懈的斗争和决心以身殉志的悲剧，体现出诗人"九死而不悔"的精神。其中，"惟草木之零落兮，恐美人之

精彩篇章

"路漫漫其修远兮，吾将上下而求索。"这句话出自《楚辞·离骚》，意思是说，追寻真理的路程遥远而又漫长，我将百折不挠、不遗余力地去追求和探索。这句话表明了屈原对追求理想的顽强意志和探求真理的执著精神，千百年来，激励了无数人。

屈原的《九歌》运用楚地的文学样式、方言声韵，描绘了楚地的山川人物、历史风情，具有浓厚的地方特色。汉代时，刘向把屈原的作品及宋玉等人"承袭屈赋"的作品编辑成集，名为《楚辞》。从此，《楚辞》成为继《诗经》后，对我国文学具有深远影响的又一部诗歌总集。图为元代张渥描绘的《楚辞》中《九歌图》局部。

迟暮"、"长太息以掩涕兮，哀民生之多艰"都是流传千古的不朽诗句。

端午节悼屈原

传说屈原死后，楚国百姓哀痛异常，纷纷涌到汨罗江边去凭吊屈原。渔夫们划起船只，在江上来回打捞他的真身。有位渔夫拿出为屈原准备的饭团、鸡蛋等食物丢进江里，说是让鱼龙虾蟹吃饱了，就不会去咬屈大夫的身体了。以后，每年的农历五月初五就有了龙舟竞赛、吃粽子的风俗，以此来纪念爱国诗人屈原。

粽子是我国的传统美食，它的制作工艺十分复杂。

每到农历五月初五端午节这一天，汨罗江两岸人头攒动，热闹非凡，人们都争相来观看一年一度的龙舟比赛。龙舟赛的选手们个个精神抖擞，虎虎生威，场内、场外都洋溢着热烈的节日气氛。这个风俗还影响了日本、越南、马来西亚等国。

21

左传

《左传》是我国现存第一部叙事详细的编年体史书,它代表了先秦史学和文学的最高成就,是研究先秦和春秋时期历史的重要文献。虽是史书,却写得非常生动,其在战争场面的描写和人物心理的刻画方面尤为出色。

左丘明(约前502—约前422),他是一位学识渊博、品德高尚的思想家。他的作品《左传》已成为儒家学派的经典之一。

鲁国和史官

《左传》相传是春秋末期的鲁国史官左丘明所著。关于左丘明其人,有人说他姓左,名丘明;有人说他姓左丘,名明。他双目失明,曾任鲁太史,与孔子或是同时代人,或在其前。西汉史学家司马迁、班固等人都认为《左传》是左丘明所作,这是目前最为可信的史料。

春秋三传

《左传》原名为《左氏春秋传》,或《左氏春秋》,它与《春秋公羊传》、《春秋谷梁传》合称"春秋三传"。相传《左传》是左丘明为解释孔子的《春秋》而作,它描写了自鲁隐公元年(前722年)到鲁悼公十四年(前453年)的众多历史事件,是儒家重要的经典之一。

流传的典故

"孺子"是古时对小孩子的称谓,"孺子牛"是《左传·哀公六年》中记载的一个典故:春秋时,齐景公与儿子嬉戏,景公叼着绳子当牛,让儿子牵着走。结果,儿子不小心跌倒,把齐景

《左传》和我国现存最早的一部国别史——《国语》同为史家的开山著作,被誉为"百家文字之宗,万世古文之祖"。不同的是,《左传》重记事,《国语》重记言。

图为鲁国都城遗址。春秋初期，鲁国为东方强国，鲁隐公、桓公时多次战胜齐、宋等国，且不断侵袭杞国、莒国等小国。

公的牙齿拉断了。所以，人们就称齐景公为"孺子牛"，它的原意是父母对子女过分疼爱，后来，"孺子牛"精神成为人们赞誉的美德。

《左传》的文学色彩

《左传》虽不是文学著作，但是它在叙事及情节的安排上却十分巧妙，对那些变化多端的历史大事件，处理得有条不紊，繁而不乱，并且语言上也十分简练、生动，体现出了较强的文学色彩，这在它之前的任何史书中是没有的。《左传》在史学中的地位很高，被认为是开《史记》《汉书》之先河的重要典籍。

精彩篇章

《左传》中表现战争题材的文章写得非常好。"夫战，勇气也。一鼓作气，再而衰，三而竭。"这句话出自《曹刿论战》，意思是说：作战，靠的是勇气。第一次击鼓能够振作士气；第二次击鼓，士兵们的勇气就衰减了；等到第三次击鼓，士气就消失了。

历史

希罗多德的《历史》在希腊史学史上是第一部堪称为历史的著作，它开创了西方历史写作中的叙述体体裁，成为西方历史著作的正宗。《历史》集历史价值和文学价值于一身，它自从诞生后就一直在希腊的历史上大放异彩。

出身显赫

公元前484年左右，希罗多德诞生在小亚细亚西南海滨的一座古老的城市。他的父亲是一个大奴隶主，因此家境富有，他的叔父是本地一位著名诗人。希罗多德从小就喜爱学习，尤其对史诗感兴趣。成年后的希罗多德随叔父等人积极参与推翻篡位者的斗争，不幸的是，斗争遭到镇压，他的叔父被杀，他也多次被放逐，从此再也没有回到故乡。

游历生涯

希罗多德青年时代进行了一次范围广泛的旅游，每到一地，他就到处游览历史名胜古迹，考察地理环境，了解风土人情，他还喜欢听当地人讲述民间传说和历史故事，并把这一切都记录下来。大约在公元前447年，希罗多德来到了雅典，开始将主要精力用来写作《历史》，可惜的是《历史》并没有最终完稿，希罗多德于公元前425年离开了人间。

古代的"百科全书"

《历史》的内容十分丰富，生动地

精彩篇章

在这里发表出来的，乃是哈利卡纳苏斯人希罗多德的研究成果。他之所以要把这些研究成果发表出来，是为了保存人类所取得的伟大成就，使之不致因为年代久远而湮没不彰；是为了使希腊人和异邦人的那些可歌可泣的丰功伟绩不致失去其应有的光彩，特别是为了要把他们之间发生的战争的原因记载下来，以永垂后世。

叙述了西亚、北非以及希腊等地区的地理环境、名胜古迹、民族分布、经济生活、政治制度、风土人情、历史往事、宗教信仰等，为我们展示了古代近 20 个国家和地区的民族生活图景，宛如古代社会一部小型"百科全书。"

史学之父

纵观《历史》一书，可以看出希罗多德在搜集史料和考证史料方面是一位严谨、认真的学者，而在叙事抒情方面又表现出诗人的风范。《历史》中有许多进步思想，如它首次提到了"在法律面前人人平等"。将这样一部规模宏大的著作写得如此清晰而又深刻，希罗多德无愧于"史学之父"的光荣称号。

希罗多德的《历史》一书开创了西方史学的先河。在欧洲史坛上，希罗多德最先对史料采取了分析批判态度，而不是盲目相信一切传闻，并创造了叙述历史的新方法，把记载史实和加以阐释有机地结合起来。

著名镶嵌版画《历史》中记录有希罗多德的名字。

伯 罗奔尼撒战争史

《伯罗奔尼撒战争史》是古希腊史学家修昔底德撰写的一部关于古希腊的军事历史著作。此书被认为是有关伯罗奔尼撒战争的第一手的、最早的也是最详实可靠的材料，堪称希腊古典文明极盛时期的文化精品，也是西方史学史上的重要里程碑。

修昔底德(约前460—约前400)，古希腊历史学家，以《伯罗奔尼撒战争史》传世，该书记述了公元前5世纪斯巴达和雅典之间的战争。

"求真的人"

修昔底德出身于雅典富有的贵族之家，自幼接受良好的教育，在他30岁左右的时候被推选为雅典的"十将军"之一，并亲身经历了伯罗奔尼撒战争。在战争初期，他就开始搜集资料准备写这部战史。为了掌握最真实准确的写作资料，他除了进行文字考证工作外，还亲自到伯罗奔尼撒同盟军队的阵地和西西里岛进行过大量的实地考察。他是西方史学史上第一位真正具有批判精神和求实态度的历史学家，被誉为"求真的人"。

真实的战争史

修昔底德的《伯罗奔尼撒战争史》传世的本子分为8卷，讲述了公元前431年—前404年间，古希腊雅典与斯

希腊是一个饱经战乱的地区，从传说时代的动荡到公元前5世纪的希波战争，战事连绵不断，这其中也诞生了许多英雄传说。左图就是法国画家大卫耗时15年描绘的公元前480年温泉关战役中斯巴达国王李奥尼达在叛徒出卖的情况下，解散部队，誓死不降，与留下的300近卫军全部战死的悲壮故事。

巴达两大城邦集团为了争夺在希腊的霸权,断断续续进行了长达27年的海陆战争史。书中人物心理活动刻画细致入微,并且引用了大量精彩的演说词,饱含哲理。英国思想家休谟曾这样赞扬此作品:"修昔底德作品的第一页就是一切真实的历史的开端。"

这幅瓶画表现了希腊战士和波斯战士搏杀中短兵相接的情景。画中人物生动,装束特点鲜明。

史书典范

修昔底德写作《伯罗奔尼撒战争史》的目的,是想通过叙述这场战争给希腊世界造成的影响以及雅典等城邦在战争前后的成败兴衰的变化过程,来垂训后世。他不仅力求真实地记载历史,而且力图站在哲学的高度上去理解和概括历史,并把这种概括之后的历史事实传达给后人,开创了史书写作典范。

令人遗憾的著作

修昔底德直至生命的最后时刻,还在坚持写作他的《伯罗奔尼撒战争史》。但令人遗憾的是,他的著作只写到战争的第20年(公元前411)就停止了,而且他叙述的最后一个句子是不完整的。人们由此猜测:修昔底德可能是在写作的过程中猝然而死的;也有人认为修昔底德是在色雷斯遭暗杀而死。未完的最后一段战争史后来由克塞诺丰继续完成,但其治学态度并不像修昔底德那样严谨。所以,随着时间的推移,人们只记得修昔底德的举世著作,而克塞诺丰的续作就慢慢地被人们所淡忘了。

希波战争中的士兵

铁闻趣事

根据传说,米诺斯是第一个组织海军的人。他控制了现在希腊海的部分,他统治着西克拉底斯群岛。在这些大部分的岛屿上,他建立了最早的殖民地;他驱逐了开利阿人之后,封他的儿子们为这些岛屿上的总督。我们很有理由料想到,他必尽力镇压海盗,以保障他自己的税收。

天方夜谭

《天方夜谭》也叫《一千零一夜》，它汇集了古代近东、中亚及其他地区的神话传说和寓言故事，以卷帙浩繁的规模、离奇突兀的情节，以及奇特诡异的想象，缔造出古代阿拉伯文学的最高成就。

《一千零一夜》是《天方夜谭》的引子，讲述了山鲁佐德以自己的智慧和勇敢拯救萨桑王国的女子的故事。

成书经历

《天方夜谭》是古代阿拉伯民间故事集，这部民间文学巨著的故事来源于波斯一本名叫《赫扎尔·艾福萨那》的故事书。公元9—10世纪，这本书被译为阿拉伯语，在阿拉伯民间广为流传。在流传的过程中又插入了许多阿拉伯、印度、希腊等民族的神话传说、寓言故事和奇闻轶事。后来，经过阿拉伯人民的吸收和再创作，就成了今天的《天方夜谭》。

经典故事

《天方夜谭》中有许多故事，如今已是耳熟能详、妇孺皆知。比如《渔翁的故事》《阿里巴巴和四十大盗》《辛巴达航海记》等。千百年来，《天方夜谭》吸引了一代又一代人，高尔基在《天方夜谭》俄译本的序言中把这本书誉为民间文学"最壮丽的一座纪念碑"。

在阿拉伯国家，人们茶余饭后津津乐道的话题都围绕着《天方夜谭》。

歌颂美丽的爱情

歌颂美好纯真的爱情、婚姻，是《天方夜谭》的一个重要内容。无论是平民百姓，还是王子、公主、仙女，他们对美好爱情的热烈向往、执著追求，始终是被赞扬、歌颂的，比如，《女王祖白绿和她的糖饭桌子》就是《天方夜谭》中一个经典的爱情故事，讲述了少女祖白绿和她的情人历尽千辛万苦，最终相聚的感人故事。

不朽的魅力

《天方夜谭》的故事始终贯穿着一条积极的思想主线，那就是对光明、幸福生活的向往，因而作品的色彩明朗乐观，并且充满幽默与调侃的口吻，表现出一种生机勃勃的情趣和百折不挠、奋发向上的精神。它把幻想与现实奇妙地融合起来，使浪漫主义和现实主义表现手法相映生辉、大放异彩，具有很高的艺术价值。

精彩篇章

"相传古时候，在古印度和中国之间的海岛上，有一个萨桑王国，国王名叫山努亚。有一天，山努亚和他的弟弟萨曼来到一片紧邻大海的草原，当他们正在一棵树下休息时，突然海中间冒起一个黑色的水柱，一个女郎来到了他们身边，并告诉他们天下所有的妇女都是不可信赖、不可信任的。"

《一千零一夜》插图——国王山努亚生性残暴，因王后行为不端，将其杀死。此后，他每日娶一位少女，翌日晨即杀掉，以示报复。宰相的女儿山鲁佐德为拯救无辜的女子，自愿嫁给国王，用讲述故事的方法吸引国王，每夜讲到最精彩处，天刚好亮了，国王便允许她下一夜继续讲。她的故事一直讲了一千零一夜，国王终于被感动，与她白首偕老。

史记

《史记》是我国第一部纪传体通史，同时也是一部非常优秀的文学作品，被鲁迅称为"史家之绝唱，无韵之《离骚》"。在中国古代浩瀚的历史著作中，《史记》的地位和影响始终是首屈一指的。

司马迁曾为汉武帝的侍卫，多次随驾西巡，曾出使巴蜀。后继承其父司马谈之职，任太史令，掌管天文历法及皇家图籍。后世对司马迁的评价极高，有"西汉文章两司马"之称，另一个司马是指司马相如。

年少有为

司马迁(约公元前145—前90)是西汉著名的史学家、文学家和思想家。字子长，夏阳(今陕西省韩城市)人。司马迁10岁"诵古文"，20岁时离开首都长安开始游历，游踪遍及南北，他到处考察风俗，采集传说。归来后，曾任郎中一职。汉武帝元封八年(前108年)，司马迁任太史令。

忍辱负重著《史记》

司马迁的父亲司马谈在汉中央政府做太史令时，打算编写一部通史，但愿望没有实现就死去了。临死的时候，司马谈嘱咐司马迁完成他未竟的事业。司马迁继承父亲的遗志，发愤著书；后来，他因替投降匈奴的李陵辩解，得罪了汉武帝，被捕入狱，被处以宫刑。狱中的司马迁忍辱负重，继续《史记》的创作。公元前91年，司马迁终于完成了《史记》。在搁笔后的第二年，司马迁就去世了。

丰富的内容

《史记》是一部贯穿古今的通史，从传说中的黄帝开始，一直写到汉武帝元狩元年(前122年)，叙述了我国3000年左右的历史。这部书包

司马迁墓坐落在韩城市南10千米芝川镇的韩奕坡悬崖上，始建于西晋永嘉四年。

传诵两千余年的鸿门宴就出自《史记》,其中,"项庄舞剑,意在沛公"已成为脍炙人口的典故。

括十二本纪、三十世家、七十列传、十表、八书,共五个部分,130篇,约53万字。《史记》全面记叙了我国上古至汉初几千年来的政治、经济、文化多方面的历史发展,是一部不朽的史学名著。

《史记》的影响

《史记》借鉴了前代史著的体例,首创了以人物为中心的纪传体,在我国历史散文的发展史中具有承前启后的地位,也是传记文学发展成熟的标志。全书规模宏大、体系完整,人物形象栩栩如生,语言生动简洁,对后世的纪传体史书和小说、戏剧、传记文学、散文等都有广泛而深远的影响。

《史记》中有许多传颂千古的名篇,如《太史公自序》《李将军列传》《淮阴侯列传》等。在《李将军列传》中,司马迁以饱含深情的笔墨描写了李广将军的经历,他戎马一生,却未能封侯。司马迁用"桃李不言,下自成蹊"的言词赞扬李广令后人景仰的人格。

精彩篇章

项王军壁垓下,兵少食尽,汉军及诸侯兵围之数重。夜闻汉军四面皆楚歌,项王乃大惊曰:"汉皆已得楚乎?是何楚人之多也!"这段话出自《史记·项羽本纪》,讲的是项羽兵败垓下,四面楚歌的情景。司马迁将项羽这位末路英雄写得十分悲壮,字里行间洋溢着对他的同情,读之催人泪下。

罗马史

罗马历史学家李维历尽半生心血写成了一部伟大著作——《罗马史》，这部不朽著作被誉为古罗马史学中的一座里程碑。英国的大诗人拜伦曾经称赞道："李维的历史著作像是生动的画卷。"

蒂托·李维一生写过多部哲学和诗歌著作，但最出名的是他的巨著《罗马史》。

出身贵族

关于李维的身世，资料很少，一般认为，他出生在意大利东北部的帕多瓦城的贵族家庭，受过良好的教育；在故乡系统地学习过文学、史学、修辞学等，尤其酷爱罗马悠久的历史。为了进一步了解罗马的历史与现状，李维于公元前29年来到罗马，并定居于此。

潜心著书

李维生活在一个激变动荡的时代，他亲眼目睹了罗马由分裂走向统一，也看到整个地中海世界都屈服在罗马的武力之下。罗马的历史发展进程及其巨变也引起了他的沉思，于是，他立志要写一部罗马人的全史。他从公元前29年开始着手撰写这部历史巨著，写作时间持续了将近30年。最终，他凭着坚强的毅力、不凡的能力和强烈的民族责任感，终于完成了这一巨著。

李维到罗马后不久就开始写作，此后，他以毕生精力投入到巨著《罗马史》的创作中。左图表现的是"恺撒之死"，它是《罗马史》中著名的篇章，出自《罗马史》109～116卷。

罗马斗兽场建于公元 72－82 年间，位于意大利首都罗马市中心威尼斯广场的东南面，它是古罗马帝国和罗马城的象征，也是罗马古迹中最卓越、最著名的代表。

卷帙浩繁的著作

《罗马史》的全名是《罗马自建城以来的历史》，共 142 卷，所记述的历史始自神话中的爱涅斯来到意大利，止于奥古斯都时代的晚期（前 9 年）。这部著作被完整地保存到公元 7 世纪，后来由于战祸及其他原因，大部分都散失了，现仅存 35 卷，以及文艺复兴运动时期意大利人文主义学者发现、整理出来的少数残篇。

影响力非凡

《罗马史》创立了西方史学中的通史体例，为研究罗马历史提供了大量丰富而珍贵的史料，尤其是关于早期罗马的史事，可以说大都是由于李维的著作才为今人所知晓的。《罗马史》备受后来史学家和文学家的推崇，尤其受到文艺复兴时代意大利人文主义学者的赞赏，对西方的史学和拉丁文学都产生了深远影响。

精彩篇章

"我认为，城邦的历史就像我们的人生，或是人类道德发展的过程，是遵循一定规律的。君不见，青年的本性就是手持武器在沙场上拓土开疆，而不是在家里扫地做饭；而到了老年，功成名就之后，他们却个个无可救药地锐气尽失，躺在床上享受一切金钱所能带来的快乐。"

自然史

《自然史》是古罗马作家盖乌斯·普林尼·塞孔都斯最伟大的著作,也是古罗马时代自然科学的百科全书。在17世纪以前的欧洲,《自然史》是自然科学方面最权威的著作。在今天,它对了解古代自然科学的发展也有一定参考价值。

盖乌斯·普林尼·塞孔都斯又称老普林尼,古代罗马的百科全书式的作家,以《自然史》一书闻名于世。

青年才俊

普林尼的原名是盖乌斯·普林尼·塞孔都斯,为了区别于他的外甥,人们也把他称做"老普林尼"。普林尼出生于意大利北部的新科莫姆城一个奴隶主家庭,他少年时代曾在罗马求学,青年时曾任骑兵军官,还曾担任许多官方要职,与罗马皇帝提图斯有过密切交往。

精彩篇章

"旋覆花来自远离大陆、深处外海的岛屿,而非洲凤仙花则来自一片被诸星灼烤的土地。还有很多别的花卉草药,它们来自地极与四海,共同效力于人类的福祉,一如罗马的和平盛世,它无边的荣耀所展示的不仅是人口众多,而且地大物博。我祈愿这来自诸神的礼物将万古不朽,罗马的确是诸神馈赠给人类的第二个太阳。"

四海游历

老普林尼一生手不释卷,学习上非常刻苦认真,分秒必争,哪怕是在洗澡的时候,也要让秘书在一旁念书给他听。在好奇心和求知欲的驱使下,老普林尼曾到德国、西班牙和非洲一些国家游历,这让他增长了许多知识,最终成为一位思想开阔、学识渊博、阅历丰富的作家。

辉煌巨著《自然史》

老普林尼最重要的著作是 37 卷的《自然史》,该书发表于公元 77 年。这部巨著是对古代自然知识百科全书式的总结,内容涉及天文、地理、动物、植物、医学等科目。老普林尼以古代世界近 500 位作者的两千多本著作为基础,分 34707 个条目进行汇编,范围极为广博。这部著作使普林尼成为罗马时代最伟大的百科全书作家。

褒贬不一

《自然史》自诞生后，后人对这部著作的评价褒贬不一，有绝对的崇拜，有直率的嘲笑，也有温和的赞成。但不管怎样，《自然史》为后人研究古代人的自然知识提供了珍贵的依据，同时引发了人们对自然的好奇和关注，而这种对自然的好奇和关注的态度，是自然科学得以发展的内在动力。这部著作贯穿着老普林尼的"人类中心论"的观点。

小普林尼

因为老普林尼终身未娶，所以他把自己的外甥收为养子。小普林尼十分聪颖，14岁时就发表了一些著作，天才加上勤奋，使他最终成为与老普林尼齐名的作家。老普林尼去世时，小普林尼18岁，他继承了舅父的全部手稿和摘录材料的笔记，并对这些资料加以整理，所以我们才看到了完整的老普林尼的著作。

老普林尼所写的《自然史》中还有大量篇幅是关于天文，其中一些天文知识是普林尼自己亲自观测积累获得的。

圣经

《圣经》是由三十余位作者，经过1600年之久所写成的。奇妙的是，当人们把这部跨越时空的著作编在一起时，这些跨越60代人写成的、风格迥异的作品却是那样的和谐呼应，浑然一体。

《圣经》是以犹太人的发展历史作为线索的，对研究犹太历史也有一定的帮助。

宗教经典

圣经是亚伯拉罕诸教（包括基督新教、天主教、东正教、犹太教等各宗教）的宗教经典，由《旧约》与《新约》组成。《旧约》是犹太教的经书，《新约》是耶稣基督以及其信徒的言行和故事的记录。人们普遍认为，《旧约》分为39卷，《新约》有27卷，圣经就是由这66卷书组成的。

《出埃及记》中的故事情节插图。为了削弱以色列族人的力量，埃及法老下令，将希伯来人中的男婴全部杀死。

圣经的确立

约在公元前270年，犹太大祭司以利沙从犹太十二支派中各选六位译经长老，聚集在亚历山大城，将希伯莱文《旧约》译成当时流行的希腊文，这就是著名的七十士译本。到公元70年，当圣城耶路撒冷将被摧毁之际，犹太人召开了高级会议，正式确立《旧约》正典 39 卷书。而在公元 382 年及公元 397 年的两次著名会议上，则确立了《新约》正典 27 卷书。

圣经中的经典故事

大卫战胜歌利亚的故事是圣经中一个经典故事。据说，腓力士将军歌利亚拥有无穷的力量，所有人看到他都要退避三舍。不过，当时还是小孩子的大卫却用投石机打中了歌利亚的脑袋，并割下他的首级。最终，大卫统一了以色列，成为著名的大卫王。如今，在西方传统中，大卫战胜歌利亚也隐喻着正义对邪恶的胜利。

千古流芳

千百年来，圣经不仅作为一部宗教典籍对后世影响深远，它本身还具有很高的文学价值，很多作家都引用了圣经中的人物及语言，如但丁、莎士比亚、弥尔顿等。圣经自诞生后，就以其独特的魅力向世人昭示着它的存在。现在有多种不同语言版本的圣经，可以说是迄今世界上翻译语种、版本最多的书。

精彩篇章

上帝看见整个世界腐朽了，到处都是暴力。他认为世界充斥着罪恶，因为所有世上的人都过着邪恶的生活。上帝对诺亚说："人类的可憎我再清楚不过了，他们使这世界充满了仇杀。我有意要毁灭他们，也毁灭掉同他们一起的这个世界。你要为自己造一艘方舟，带着你的妻子、儿子、儿媳们一起进入方舟。"

上图是《新约》的部分场景，表现的是东方三博士拜见耶稣的情景。

资治通鉴

《资治通鉴》是中国第一部编年体通史，这部史学著作自诞生以来，无论是帝王将相，还是文人墨客，都对它倍加赞赏。除《史记》之外，几乎没有任何一部历史著作可与《资治通鉴》媲美。

司马光（1019—1086），字君实，号迂叟。熙宁三年，司马光因反对王安石变法，上疏请求外任。此后，他来到洛阳，在15年幽居时光中，写下了《资治通鉴》。

功名有成

宋真宗天禧三年（1019年），司马光出生在一个世代官宦的家庭。他的父亲司马池曾官至兵部郎中，一直以清廉仁厚享有盛誉。司马光深受其父影响，自幼便聪敏好学。7岁时，他便能够熟练地背诵《左传》，并且能把二百多年的历史梗概讲述得清清楚楚。司马光20岁时考中进士甲科，可以说是功名早成，但他并没有因此而停步不前，仍然潜心学习。

感怀历史著《通鉴》

北宋在中唐以来长期混战之后，实现了政权统一，经济和文化也随之发展起来。司马光面对百废待兴的局面，回顾历史，百感交集。为了有资于治国安邦，更好地解决现实矛盾，司马光总结历史经验教训，开始编著《通鉴》一书。历时19年，《通鉴》终于编辑完成，宋神宗认为该书"鉴于往事，有资于治"，而钦赐此书为《资治通鉴》。

空前的编年体巨著

《资治通鉴》全书分为294卷，约三百多万字。它记载了上起周威烈王二十三年（前403年），下迄五代后周世宗显德六年（959年），共 16 个朝代 1362 年的详细历史。《资治通鉴》所记述的内容详实可信，历来为历史学家所推崇，而且文笔生动流畅，质朴精练，不仅可以作为史学著作阅读，有些篇章也可以作为文学作品来欣赏。

光耀史册

司马光为编著《资治通鉴》付出了毕生精力，这部书完成后不到两年，他便积劳而逝。千百年来，众多帝王、文人、政治家争相阅读《资治通鉴》，这部史书的意义已远远超过了司马光著史治国的本意，它不仅为统治者提供借鉴，也为全社会提供了一笔知识财富。

精彩篇章

孝元皇帝永光元年，臣光曰："君子以正攻邪，犹惧不克。况捐之以邪攻邪，其能免乎！"这段话出自《资治通鉴》第二十八卷，司马光的意思是说，以正才能压邪，要树正气，行正道。如果正气不立，则邪气猖獗。

少年趣闻

有一次，司马光和小朋友一起玩，一个孩子失足掉入缸中，急得大哭。司马光马上捡起一块大石头将缸砸破，水流了出来，孩子得救了。人们纷纷称赞他的机智勇敢，当时洛阳一带还有人把这个故事画成《小儿击瓮图》，至今广为流传。

司光光生活的时代，北宋的都城汴京十分繁华，《清明上河图》就是最能体现汴京风貌的作品。它是北宋画家张择端的作品，现藏于北京故宫博物院。该图描绘了清明时节汴河两岸繁华热闹的景象和优美的自然风光。全卷画面内容丰富生动，概括地再现了北宋全盛时期汴京的生活面貌。

源氏物语

《源氏物语》是日本古典文学的杰出代表,也是世界上最早的长篇写实小说。《源氏物语》自诞生之日起就对日本文学产生了难以估量的影响,被誉为日本文学的高峰,有"日本《红楼梦》"之称,在世界文学史上也有很高的地位。

紫式部(约973—1014)又称紫珠,是日本平安时代中期的女性作家,其文学作品对日本影响深远。

日本的奇女子

紫式部是日本著名的女作家、歌人,据说"紫"是她的名字,"式部"源于她父亲的官名"式部丞"。大约于973年,紫式部出身于一个书香门第的贵族家庭。紫式部自幼跟随父亲学习中国诗文和歌,有很高的文学素养。紫式部22岁时嫁给了比她年长20多岁的地方官藤原宣孝。婚后3年,丈夫逝世。在寡居生活中,她创作了《源氏物语》。

紫式部的三部杰作

紫式部一生悲苦,遍历人间世态炎凉,使她形成了敏感、哀伤又自尊自强的个性气质。她的作品善于挖掘人生和生活中的悲剧美,运笔典雅流利,温婉柔美。一生之中,她创作了许多体裁的作品,有日记、随笔、小说、诗歌等,流传至今的

图为《源氏物语绘卷》第20帖,表现了光源氏和众女子游春的情景。

《源氏物语》最大的特点是整部书都笼罩在淡淡的忧伤气氛中，紫式部开启了日本的"物哀"时代，"物哀"即见物而生悲哀之情，此后，日本的小说中明显带有一种淡淡的悲伤。

作品共有三部：《紫武部日记》《紫式部集》和《源氏物语》。《源氏物语》是紫式部最负盛名的一部作品，"源氏"是小说前半部男主人公的姓，"物语"意为"讲述"，是日本古典文学中的一种体裁。

日本的"国宝"

《源氏物语》全书共 54 卷，约八十多万字，是世界第一部长篇写实小说。全书以男主人公光源氏为中心，围绕他的生平遭际，出现相关联的男女各类人物不下 400 个，随着情节的展开到结局，不论地位高卑，都同归于毁灭的命运。反映了当时妇女的无权地位和苦难生活，展示了平安贵族华糜生活的长幅画卷，被称为日本的"国宝"。

无可匹敌杰作

《源氏物语》是一部让日本民族整整骄傲了十个世纪的著作，数千年来，它一直影响着日本文学的发展，至今，仍没有能超过这部著作的作品。作者紫式部的名字也因此永载日本文学史册，并享誉世界文坛，1964 年联合国教科文组织将她选为"世界五大伟人"之一。

精彩篇章

刮着凄风的傍晚，突然使人感到一阵侵入肌肤的寒意。帝触物添悲，思念更衣不已，乃使禁卫命妇去探更衣的母亲。当此良宵月夜，帝遣走命妇后，独自凭栏眺月。过去每值此良宵，游宴取乐，更衣时常调弄丝竹，弹出一曲情意缠绵的琴音，或低吟一首和歌，以显示其过人的才艺。死去的更衣形影和容貌，仿佛紧偎在身旁，然而幻影毕竟比不上现实。

乐府诗集

《乐府诗集》是由宋代郭茂倩收集、编写的一部我国古代乐府歌辞的著名诗歌总集，主要收录了自汉魏到唐、五代的乐府歌辞兼及先秦至唐末的歌谣。它搜集广泛，各类有总序，每曲有题解，成功地展现了历代乐府诗的完整风貌和演变历史，是现存收集乐府歌辞中最完备的一部诗歌总集。

什么是乐府诗

乐府一词最初是指管理音乐的官府机构。乐府早在秦代就已设立，专门负责掌管宴会、游行时所用的音乐，也负责民间诗歌和乐曲的采集；后来，人们把这一机构收集并制谱的诗歌，称为乐府诗，或者简称乐府。于是乐府便由官府名称变成了诗体名称。到了唐代，这些诗歌的乐谱虽然早已失传，但这种形式却相沿下来，成为一种没有严格格律、近于五七言古体诗的诗歌体裁。

《陌上桑》是汉代的一首乐府诗，最早见于南朝沈约撰的《宋书·乐志》，题为《艳歌罗敷行》。南朝徐陵编辑的《玉台新咏》也收载了该诗，题为《日出东南隅行》。赵宋时的郭茂倩编辑《乐府诗集》，将该诗收入《相和歌辞》。

《陌上桑》

《陌上桑》是汉代的一首著名乐府诗。它讲述的是一个名叫罗敷的女子，一日在采桑路上恰巧被一个太守遇上，太守为罗敷的美色所动，问她愿不愿意跟随自己回家。太守原以为凭借自己的权势，罗敷一定会心甘情愿地跟他走。没想到罗敷不但不领情，还巧妙地把他奚落了一番。堂堂太守碰了一鼻子灰，最终只好打消了他的念头。

独特的分类

《乐府诗集》现存100卷，共五千多首。它的重要贡献是把历代歌曲按其曲调收集分类，把许多作品汇编成书。这对乐府诗歌的整理和研究提供了很大的方

便。此外,它还对各类乐曲的起源、性质及演唱时所使用的乐器等都做了较详的介绍和说明,这对中国古代文学史和音乐史的研究都有极重要的价值。

文化宝库中的明珠

郭茂倩编纂的《乐府诗集》,使得大量诗歌得以保存和流传,为后人研究乐府诗提供了极大的方便。《四库全书总目提要》评价此书为"征引浩博,援据精审。宋以来考乐府者无能出其范围。"它不愧是我国文化宝库中的一颗璀璨明珠,在中国诗史上焕发着夺目的光彩。

《孔雀东南飞》是我国文学史上第一部长篇叙事诗,沈归愚称为"古今第一首长诗",因此它也被称为我国古代史上最长的一部叙事诗,是我国古代民间文学中的光辉诗篇之一,《孔雀东南飞》与南北朝的《木兰辞》并称"乐府双璧"及"叙事诗双璧",后又把《孔雀东南飞》、《木兰诗》与唐代韦庄的《秦妇吟》并称为"乐府三绝"。

精彩篇章

日出东南隅,照我秦氏楼。秦氏有好女,自名为罗敷。罗敷喜蚕桑,采桑城南隅。青丝为笼系,桂枝为笼钩。头上倭堕髻,耳中明月珠;缃绮为下裙,紫绮为上襦。行者见罗敷,下担捋髭须。少年见罗敷,脱帽著帩头。耕者忘其犁,锄者忘其锄;来归相怨怒,但坐观罗敷。

《乐府诗集》题名为《力拔山操》,《文选补遗》题为《垓下帐中歌》。其词曰:
力拔山兮气盖世。时不利兮骓不逝。
骓不逝兮可奈何!虞兮虞兮奈若何!

神曲

《神曲》代表了中世纪文学的最高成就，它不仅在思想上、艺术上达到了时代的先进水平，而且是一部反映社会生活状况、传授知识的百科全书式的鸿篇巨制。《神曲》中透露出的人文主义曙光，对欧洲文艺复兴运动有着深远影响。

文艺复兴的开拓者

1265年，但丁出生在意大利佛罗伦萨一个没落的贵族家庭。他从小喜欢读诗，曾经拜著名学者为师，学过拉丁文和古代文学，他特别崇拜古罗马诗人维吉尔，把维吉尔当做自己的精神导师。但丁有诗人的柔肠与激情，也有学者的锐利与智慧，是欧洲文艺复兴时代的开拓人物之一。1321年，但丁在意大利东北部腊万纳去世。

但丁是欧洲文艺复兴时代的开拓人物之一。他一生著作甚丰，其中最有价值的无疑是《神曲》。这部作品反映出中古文化领域的成就和一些重大的问题，带有"百科全书"性质。

神圣的诗歌

《神曲》的意大利文原意是《神圣的喜剧》。但丁原来只给自己的作品取名为《喜剧》，后人为了表示对它的崇敬而加上"神圣"一词。《神曲》全长一万四千多行，分为《地狱》《炼狱》和《天堂》三部分。每部分33篇，加上序曲，共100篇。

奇幻的梦境

《神曲》采用中古文学特有的梦幻形式，叙述但丁在"人生的中途"所做的一个梦。在

但丁是现代意大利语的奠基者，同时，他也是欧洲文艺复兴时代的开拓人物之一。

《神曲》的伟大历史价值在于透露出了新时代的新思想——人文主义的曙光。图为《神曲》的插画。

梦中，但丁在一个黑暗的森林中迷路了。突然，在他的面前出现了三头猛兽——豹、狮、狼，诗人惊慌呼救。这时，古代罗马诗人维吉尔出现了，但丁在维吉尔的带领下游历了地狱和炼狱，又在圣女贝雅特里齐的带领下游历了天堂，见到了上帝。但上帝如闪电一样转瞬即逝，于是《神曲》也戛然而止。

超越前人的进步思想

在艺术上，《神曲》达到了很高的境界，无论是场景描写还是人物刻画，都显示出但丁极深的功力。但丁是第一个采用人文主义的作家，《神曲》里面有很多人文主义的精神，比如，肯定人，肯定人性。在《神曲》中，但丁热情地歌颂生活，认为生活自有本身的价值，给人以极大的鼓舞。《神曲》还表露了反对中世纪的蒙昧主义、提倡文化、尊重知识的新思想，这在那个时代都是十分进步的思想。

法国画家德拉克洛瓦的作品《但丁和维吉尔共渡冥河》。故事出自但丁的《神曲·地狱篇》第八章，描绘出但丁和维吉尔乘着卡隆的渡船，穿过地狱湖的情景。

水浒传

《水浒传》是我国人民最喜爱的古典长篇白话小说之一，它产生于明代，主要描写北宋末年宋江等人领导的农民起义发生、发展直至失败的过程。以艺术的形式真实地反映了封建社会的腐朽、黑暗，揭示了官逼民反的社会现实，歌颂了梁山好汉的英雄主义。它是明代小说史上的一朵奇葩，被选为"中国古典四大名著"之一，流芳百世。

《水浒传》中的人物智多星吴用

弃官从文

关于《水浒传》的作者，一直颇有争议，大部分人都认为这部小说出自施耐庵之手。施耐庵出生于元末明初，从小聪明好学，才气过人，为人仗义。36岁时考上进士，在钱塘（今浙江省杭州市）做官3年，因不满官场黑暗，弃官回乡。后又参加了张士诚领导的抗元起义，但因张士诚贪图享乐，不思进取，便辞官离去。辞官后的施耐庵，隐居于故乡白驹镇，他深感时政衰败，有感而发，于是便写出了一部传世名作——《水浒传》。

取材于民间

《水浒传》中关于宋江起义的故事发生在北宋末年，从南宋开始就成为了民间口头文学的主要题材。宋代说书之风颇为盛行，目前流传下来的根据说书人编成的话本中就有《青面兽》《花和尚》《武行者》等。元朝初年，出现了话本《大宋宣和遗事》，描述了晁盖、吴用等英雄的故事。元朝，元杂剧中还出现了一些水浒故事剧本。施耐庵写的《水浒传》就是在宋、元以来有关水

洪太尉释放妖魔

浒的故事、话本和杂剧的基础上，加工整理、创作而成的。它是中国历史上第一部纯用白话文写成的章回体小说。

英雄传奇

《水浒传》是第一部描写农民起义的长篇小说，是中国英雄传奇中最杰出的作品。故事叙述北宋末年，皇帝昏庸，奸臣当道，内忧外患，百姓苦不堪言！于是各路英雄纷纷揭竿而起，以宋江为首的108个英雄豪杰聚首于八百里水泊梁山，与朝廷对抗。其后，由于受朝廷招安，梁山起义失败，英雄们或战死沙场，或被奸臣所害，所剩无几。起义虽失败了，但是英雄们却留下了许多脍炙人口的故事，如"景阳冈武松打虎"、"鲁提辖拳打镇关西"、"林教头风雪山神庙"等。

武松是一位家喻户晓的英雄，图中表现的是武松血溅狮子楼、景阳冈打虎等故事。

个性鲜明的梁山好汉

《水浒传》的艺术成就，最突出地表现在英雄人物形象的塑造上。书中的108个梁山好汉个性鲜明、呼之欲出。如黑旋风李逵的忠诚不二、花和尚鲁智深的见义勇为、行者武松的正直英勇、豹子头林冲的不甘屈辱、活阎罗阮小七的机敏；此外，对于一些反面人物，也刻画得入木三分，如高俅的奸险、高衙内的荒淫。这样，使得故事情节变得更为丰富多彩，让人看后记忆犹新。

精彩篇章

武松见大虫扑来，只一闪，闪在大虫背后。那大虫背后看人最难，便把前爪搭在地下，把腰胯一掀，掀将起来。武松只一闪，闪在一边。大虫见掀他不着，大吼一声，却似半天里起个霹雳，振得山冈也动，这铁棒也似虎尾倒竖起来一剪。武松却又闪在一边。原来那大虫拿人只是一扑、一掀、一剪；三般都不着时，气性先自没了一半……

三国演义

桃园三结义
兄弟：刘备、关
羽和张飞。

《三国演义》是我国第一部长篇章回体小说，由元末明初的小说家罗贯中所作。小说描写了东汉末年到西晋初年以曹操、刘备、孙权为首的魏、蜀、吴三个政治、军事集团之间的斗争和兴衰过程，以独特的手法展现了当时的历史变迁，揭示了东汉末年社会现实的动荡和黑暗，在政治、军事谋略方面，对后世产生了深远的影响。

章回小说的鼻祖

罗贯中，籍贯山西太原府，元末明初著名小说家、戏曲家，是中国章回小说的鼻祖。他一生的作品颇丰，主要作品有剧本《赵太祖龙虎风云会》《忠正孝子连环谏》《三平章死哭蚩虎子》，小说《隋唐两朝志传》《残唐五代史演义》《三遂平妖传》《粉妆楼》。其中《三国演义》是他最有成就的代表作，被评为"中国古典四大名著"之一，在中外享有盛名。

宏伟的战争场面

《三国演义》最擅长描写战争，并且手法与众不同，在写战争的同时，兼写其他活动。如写赤壁之战时，先写战争前夕孙、刘两家的合作、诸葛亮、周瑜之间的矛盾、曹操的试探，孙、刘联军诱敌深入的准备等，然后用了少量的笔墨展示了火烧赤壁的精彩场面。这

赤壁之战↓

样，一场有头有尾、跌宕起伏的宏伟战争场面就清晰地展现在人们眼前，仿佛都可以看到草船上的熊熊火焰，听到震天的厮杀声，如临其境。

望梅止渴的典故

《三国演义》中流传下来的成语典故颇多，比如"三顾茅庐"、"乐不思蜀"、"望梅止渴"等。其中"望梅止渴"讲的是有一年夏天，曹操率领部队去讨伐张绣，天气热得出奇，士兵们行军的速度也慢下来。曹操急中生智，用马鞭指着前方说："前方有一大片梅林，树上的梅子吃了可以解渴！"士兵们一听，仿佛已经看到了梅子，精神大振，步伐不由得加快了许多。后来，"望梅止渴"就用来比喻愿望无法实现，用空想安慰自己。

三顾茅庐

历史小说的先河

《三国演义》是我国最有成就的长篇历史演义小说，开创了历史小说的先河。自此以后，在中国文学史上，历史小说成为一大潮流。直到现在，中国几千年的历史，都已写成了各种历史小说，无不是罗贯中历史演义的继承和发展。

精彩篇章

　　曹操回观岸上营寨，几处烟火。黄盖跳在小船上，背后数人驾舟，冒烟突火，来寻曹操。操见势急，方欲跳上岸，忽张辽驾一小脚船，扶操下得船时，那只大船，已自着了。张辽与十数人保护曹操，飞奔岸口。黄盖望见穿绛红袍者下船，料是曹操，乃催船速进，手提利刃，高声大叫："曹贼休走！黄盖在此！"

关羽是三国中一位著名的将领，他在逃出曹操领地时，斩杀了多个将领。

49

西游记

《西游记》活字印本，中文，16世纪。

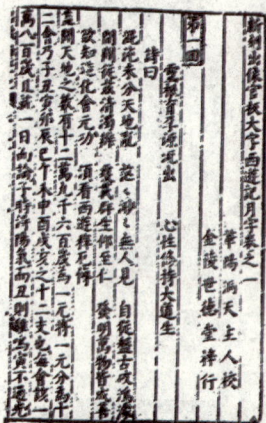

一提起《西游记》，男女老少都喜欢，它是明代小说家吴承恩根据唐僧取经的故事创作而成。作者展开丰富奇特的想象，讲述了唐僧师徒四人在遥远的西方取经途上和妖魔鬼怪斗智斗勇，最终取得真经、修成正果的艰难历程。小说表达了作者不畏艰难困苦，追求理想与自由的决心，颂扬了人世间的真善美，在思想上和艺术上都取得了很高的成就。

搜奇猎怪写小说

吴承恩出生于一个小商人的家庭，小时候勤奋好学，精通琴棋书画。此外，他还特别喜欢搜奇猎怪，爱看神仙鬼怪，狐妖猴精之类的书籍。成年后，他的这种爱好有增无减，后来对宋元话本中的猴行者、元杂剧中猪八戒等形象产生浓厚的兴趣。于是他悉心搜采有关唐代高僧玄奘西行取经的有关民间传说、话本、杂剧等，汲取佛教故事、道教传说。直至晚年，终于撰成了酝酿已久的神话小说《西游记》。

孙悟空大闹天宫

《西游记》中的故事情节极其多姿多彩，引人入胜。其中，孙悟空大闹天宫的故事最为人所熟知：孙悟空不满玉皇大帝封的小官弼马温，自立为齐天大圣，玉帝无奈便答应了他。一日，孙悟空得知王母娘娘设蟠桃宴没有请

西游记中的师徒四人都各有所长，也各有所短，每个人都有自己独特的地方。

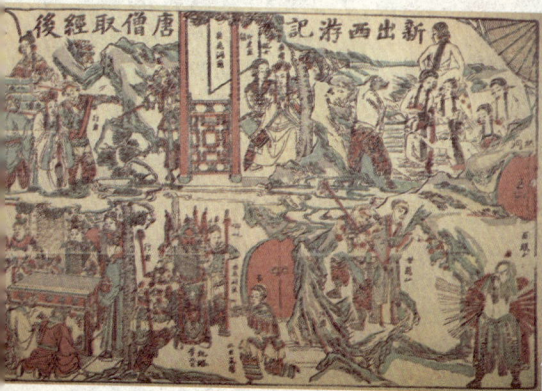

他，便火冒三丈，大闹瑶池，吃了太上老君的九转金丹，返回花果山了。玉帝知道后暴怒，派天兵天将把猴王捉回天庭，并送进炼丹炉中。结果，孙悟空不但没有被烧死，反而更加神力无比，把天兵天将打得落花流水。玉帝只好请如来佛祖帮忙，将孙悟空降服，压在五指山之下。

孙悟空大闹天宫图，三千万天兵天将也奈何不了这位神通广大的美猴王。

幽默诙谐的语言

《西游记》中的故事情节之所以吸引人，很大部分还要归功于作者善于用幽默诙谐的语言描写人物个性，增加了作品的趣味性和感染力。比如书中对猪八戒的模样这样描写：那阵狂风过处，只见半空里来了一个妖精，果然生得丑陋：黑脸短毛，长喙大耳，穿一领青不青、蓝不蓝的梭布直裰，系一条花布手巾。行者暗笑道："原来是这个买卖！"

独特的艺术魅力

《西游记》全书内容丰富多彩，情节奇幻曲折，语言华丽有趣。此外，还将善意的嘲笑、辛辣的讽刺和严肃的批判巧妙地结合起来，用幻想形式来反映社会矛盾，开辟了神魔长篇小说的新门类。在中国古典小说中，《西游记》有着它独特的艺术魅力，是古代长篇浪漫主义小说的高峰。

颐和园长廊中关于西游记故事的彩绘。右图为唐僧师徒四人，唐僧正在念紧箍咒。

精彩篇章

却说孙大圣到空中，把腰儿扭了一扭，早来到黑风山上。住了云头，仔细看，果然是座好山。况正值春光时节，但见：万壑争流，千崖竞秀。鸟啼人不见，花落树犹香。雨过天连青壁润，风来松卷翠屏张。山草发，野花开，悬崖峭嶂；薜萝生，佳木丽，峻岭平岗。不遇幽人，那寻樵子？涧边双鹤饮，石上野猿狂。

51

堂吉诃德

塞万提斯被誉为西班牙最伟大的作家,评论家们称他的小说《堂吉诃德》是文学史上的第一部现代小说,同时也是世界文学的瑰宝之一。《堂吉诃德》对西班牙文学、欧洲文学乃至整个世界文学的影响是不可估量的。

堂吉诃德的动画形象。这个瘦削的、面带愁容的小贵族对骑士文学入了迷,很想成为一位侠客。他竟然骑上一匹瘦弱的老马驽骍难得,找到了一柄生了锈的长矛,戴着破了洞的头盔,开始了冒险之旅。

塞万提斯的冒险生涯

1547年,塞万提斯出生在西班牙马德里附近的一个小城。他从小就过着颠沛流离的动荡生活,仅受过中学教育。几年后,塞万提斯参加了抗击土耳其的海战。在战场上,他英勇抗敌,左手致残,多次受到嘉奖。可是当他准备回国时,却被土耳其海盗劫持了,沦为奴隶。他并没有屈服,组织了一次又一次的逃跑,但是都没有成功。在度过了5年的苦役生活后,亲友们终于筹资把他赎回。

《堂吉诃德》插图。如今,堂吉诃德和他的仆从桑丘已成为西方古典文学中的两个典型形象。

天命之年著杰作

回国后，塞万提斯干过军需官、税吏等职务，他曾多次被捕下狱，原因是不能缴上该收的税款。为了维持生计，塞万提斯不得不以卖文为生。五十多岁时，塞万提斯开始《堂吉诃德》的写作。1605年《堂吉诃德》上卷出版，立即风行全国，塞万提斯终于获得了成功。

精彩有趣的情节

《堂吉诃德》全名为《奇情异想的绅士堂吉诃德·德·拉·曼却》，共两卷。作品描写了主人公堂吉诃德因迷恋古代骑士小说，竟像古代骑士那样用破甲驽马装扮起来，以矮胖的农民桑丘·潘沙作侍从，三次出发周游全国，去创建扶弱锄强的骑士业绩。他们闹出了不少笑话，到处碰壁受辱，最后被当做疯子遣送回家。

·精彩篇章·

这时候，他们远远望见郊野里有三四十架风车。堂吉诃德一见，就对他的侍从说："命运的安排，比咱们要求的还好。你瞧，桑丘·潘沙朋友，那边出现了三十多个大得出奇的巨人。我打算去跟他们交手，把他们一个个杀死。这是正义的战争，消灭地球上这种坏东西是为上帝立大功。"

塞万提斯一生极为坎坷，早年受尽艰难，落下残疾，后半生依然是穷困潦倒。正是这样的挫折人生才造就了他的不朽之作。图为矗立在西班牙广场中央的塞万提斯纪念碑。雕像神态庄重，双眼凝视远方，手持不朽名著《堂吉诃德》。

哈 姆雷特

在世界文学的舞台上，莎士比亚的名字可以说是如雷贯耳，他为我们留下了《哈姆雷特》《威尼斯商人》等不朽的杰作，大文豪雨果评价莎士比亚："他的光辉照耀着全人类，从时代的这个尽头照射到那个尽头。"

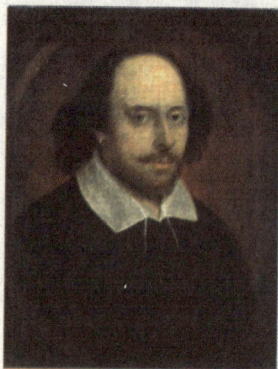

莎士比亚是英国文学史和戏剧史上最杰出的诗人和剧作家，也是西方文艺史上最杰出的作家之一。

天才降生

1564年4月23日，威廉·莎士比亚出生在英国中部埃文河畔的斯特拉福镇。这是一座古老的小镇，商业十分兴旺，不时有剧团来巡回演出，也就是在这时，莎士比亚对戏剧产生了浓厚的兴趣。莎士比亚所受的教育不多，曾做过肉店学徒、马夫等，但他始终知道自己的使命就是写作。于是，他来到伦敦游历，从剧团的演员做起，最终成为一代文学巨匠。

在现实和理想之间徘徊

莎士比亚早期的作品洋溢着乐观向上的激情，进入不惑之年后，莎士比亚日益感到自己的人文主义思想与现实之间的距离越来越远，于是，他的作品渐渐失去了明朗乐观的色彩，而是转向对悲剧题材的挖掘，加上他唯一的儿子不幸夭折，致使他的内心极度灰暗。1601年，莎士比亚把对儿子的思念之痛和对英国现实社会的失望写成了一部戏剧，即闻名遐迩的《哈姆雷特》。

王子复仇的故事

《王子复仇记》也叫《哈姆雷特》，是莎士比亚最杰出的悲剧之一：主人公哈姆雷特是丹麦的王子，他是个乐观、充满理想的青年。在德国威登堡大学求学期间，哈姆雷特获悉了父亲不幸去世的消息，

《哈姆雷特》以其独特的魅力征服了世人，有关它的影视及印刷作品一直长盛不衰。

精彩篇章

"人是一件多么了不起的杰作! 多么高贵的理性! 多么伟大的力量! 多么优美的仪表! 多么优雅的举动! 在行为上多么像一个天使! 在智慧上多么像一个天神! 宇宙的精华! 万物的灵长!"

他的叔父登上了王位,霸占了他的母亲。父亲的鬼魂托梦于哈姆雷特,说他是被哈姆雷特的叔父害死的。于是,哈姆雷特开始了他的复仇计划,可是他的母亲和情人却都成为复仇的牺牲品。哈姆雷特悲愤不已,最终和弑君夺位的野心家同归于尽。

经典的形像

莎士比亚把哈姆雷特的形象刻画得淋漓尽致,让人们透过哈姆雷特的悲惨境地,目睹了当时社会中存在的黑暗现实。如今,《哈姆雷特》成为世界戏剧舞台上的经典剧目,哈姆雷特也成为世界文学史上一个极富艺术魅力的典型形象。

《哈姆雷特》第四幕的绘图,奥菲丽亚发疯后即将在河里溺毙的情景。

乌托邦

《乌托邦》是英国空想社会主义者托马斯·莫尔的不朽巨著。在这本书里,莫尔向人们展示了一个理想的共和国,即"乌托邦"。《乌托邦》是世界上第一部空想社会主义小说,对后来描写理想社会的文学产生了很大影响。

托马斯·莫尔的思想对以后社会主义思想的发展有很大影响。

虔诚的一生

莫尔于1478年2月7日出生在英国伦敦一个富有的家庭。他毕业于牛津大学,青年时代就是一位才华卓越的律师,还曾担任过国会议员、大法官等职务。莫尔一生虔诚于宗教,即使在结婚后,仍长时期过着早起、祈祷、禁食的生活。1535年,莫尔因反对亨利八世兼任教会首脑而被送上了断头台。在他逝世400年后,被罗马天主教会册封为圣人。

创作的《乌托邦》

莫尔是一位文学爱好者,1515年—1516年,他出使欧洲时,完成了一部著名而又颇具争议的作品——《乌托邦》。这本书是用拉丁文写成的,以一个旅客拉斐尔的见闻,描述了假想岛屿国家乌托邦的政治制度:那里一切生产资料归全民所有,生活用品按需分配;那里没有战争,也没有堕落和罪恶。

针砭时弊的杰作

《乌托邦》一书共分两部。在第一部里,莫尔

莫尔和国王之间的矛盾变得日益深刻,1533年,莫尔因拒绝向英王表示忠诚的宣誓,而被关进了伦敦塔。1535年7月6日,莫尔被送上断头台。图为他与家人告别的情景。

借拉斐尔之口主要对当时英国社会的种种弊端，统治阶级的专权残暴、厚颜无耻以及广大下层群众的悲惨处境予以辛辣地嘲讽和深刻地揭露。在《乌托邦》一书的第二部，莫尔将自己对人类美好国家制度的憧憬投射在他所假想的乌托邦岛上，向人们展示了一个人人向往的理想社会。

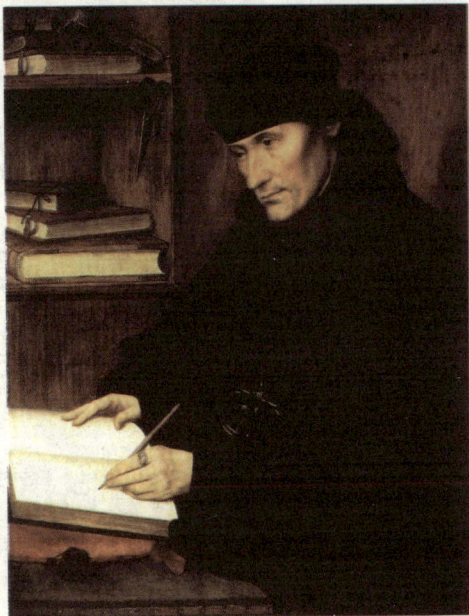

笔耕不辍的托马斯·莫尔

进步的思想

在《乌托邦》中，莫尔首次用"羊吃人"来揭露罪恶的"圈地运动"，并提出了公有制和以人为本的思想。莫尔对资本主义早期发展中的阶级矛盾和社会问题大胆地进行了批判，他的许多思想都具有非常进步的意义，极大地影响了后来的许多学者。

自由价更高

在莫尔与亨利八世公开抗争时，他的朋友诺福克劝告他："在英国，谁不服从国王，就没有好结果。"莫尔说："我已经再三考虑了，但是，我不能违背自己的良心。"诺福克说："我怕你将要付出很高的代价。"莫尔坚定地说："自由的代价的确很高。然而，即使是最低级的奴隶，如果他肯付出代价，也能享有自由。"

精彩篇章

我现在就是这样做，我向他指出他如不小心就会掉进去的那个深坑。因为，如果许多人嘲笑唯一秃头的以利沙，感受到秃头者的热切之心，那么，一个人取笑那么多托钵僧，其中秃头的不在少数，这个人应该怎样更加有如此的感受呢！此外，还有教皇的谕旨，可根据谕旨把嘲笑我们的人开除教籍。

巨人传

《巨人传》是法国最早的长篇小说，也是法国文学的一座丰碑。它的作者拉伯雷本身就是文艺复兴时代的"巨人"，作者运用嘲讽的手法，以犀利、泼辣、嬉笑怒骂的文笔，给读者描绘出一个崭新的世界。

拉伯雷（1494—1553），文艺复兴时期法国著名的人文主义学者、作家。他的生平，由于缺乏确实可靠的记载，从16世纪以来就残缺不全。

阅历丰富

拉伯雷是欧洲文艺复兴时期重要的人文主义作家之一。1494年，他出生在法国中部图尔省希农市的一个富有的家庭。十几岁时，拉伯雷被送进邻近的修道院学习拉丁文和经院哲学，成为一名修道士。后来他漫游法国中部，接触了许多人文主义学者，这为他日后思想的形成奠定了基础。

博学多才著奇书

拉伯雷多才多艺，对天文、地理、音乐、考古、教育等都有较深的研究。三十多岁时，他喜欢上了医学，并成为一位出色的医生。高超的医术和渊博的知识使他形成了一种与宗教观念相悖的宇宙观，这种宇宙观只承认知识的权威，蔑视教会与一切腐败愚昧的东西。就在此时，他开始了《巨人传》的写作，阐述他对社会的理解。

长篇巨著《巨人传》表现了反封建、反教会的严肃主题，描绘了人文主义的乌托邦理想，歌颂了新兴资产阶级"巨人"般的力量，具有鲜明的时代特点和丰富的思想内容。

人文主义的伟大杰作

《巨人传》是一部高扬人性、讴歌人性的人文主义伟大杰作，是拉伯雷以民间故事为题材创作的。这部小说共分为五部分：前三部分分别讲述了卡冈都亚不同凡响的出生、庞大固埃在巴黎求学时的奇遇以及卡冈都亚和庞大固埃父子对婚姻问题的探讨；后两部则集中记录了庞大固埃及其朋友巴汝奇和修士让远渡重洋，寻访智慧神瓶的种种奇特经历。

难以逾越的经典

几个世纪以来，《巨人传》以其神话般的人物、荒诞不经的故事情节，赢得了全世界读者的厚爱。但是，这部作品绝不是一部纯粹的搞笑作品，它揭露了中世纪教会的黑暗和腐朽，反映了文艺复兴时期人文主义者对个性解放的追求。它的诞生，一扫当时贵族文学矫揉造作的文风，给当时的文坛带来生动活泼的气息。至今，《巨人传》仍是文学史上难以逾越的经典。

在寻找神瓶的过程中，庞大固埃和巴汝奇历尽艰险。

《巨人传》第二卷首版封面

精彩篇章

孩子一出生，并不像别的孩子那样呱呱乱哭，而是大喊大叫："喝！喝！喝！"好像请大家都来喝酒似的，声音惊天动地，整个博斯和比巴雷地区都听得见。卡冈都亚负责统帅全军。他父亲留守城堡要塞，用豪言壮语激励士气，并许诺重奖有功将士。

红楼梦

在文学史上,《红楼梦》的出现简直是一个奇迹！它成书于清乾隆年间,全书以贾宝玉和林黛玉的爱情悲剧为主线,着重描写荣、宁两府由盛到衰的过程。全面描写了封建社会末世的人性世态及社会矛盾,具有强烈的反封建色彩。《红楼梦》堪称是我国古代四大名著之首,在世界上都享有非常高的文学地位。

《红楼梦》以丰富的内容、深刻的思想和精湛的艺术,把中国古典小说创作推向最高峰。这部"十年辛苦不寻常"的杰作在世界文学史上产生了深远影响,有关《红楼梦》的话题从未停止过。

中国小说的顶峰

《红楼梦》是一部中国封建社会末期的百科全书。它具有很高的思想价值和非凡的艺术成就。全书规模宏伟,结构严谨,人物生动,语言优美,值得后人品味、鉴赏。《红楼梦》曾被评为中国最具文学成就的古典小说,是章回小说的巅峰之作,代表着中国古典小说的最高成就。后来以研究《红楼梦》为中心还形成了一门专门的学问——"红学",直到现在,世界上都有人在潜心研究这本名著。

作者之谜

在20世纪初,《红楼梦》原作者究竟是谁这个问题曾经引起中国学界的争论热潮,这个争论至今仍然存在。大多数学者取得了共识——《红楼梦》共120回,前80回由曹雪芹创作,后40回一般认为是由高鹗所续补。高鹗的续书无论在思想上还是在艺术上都

曹雪芹(1724－1763),名霑,字梦阮,号雪芹、芹圃、芹溪。清代小说家、诗人。祖籍辽阳,远祖曹俊后归降满洲,被编入正白旗后世成为满族。

稍微逊色于曹雪芹的前著，但《红楼梦》的故事情节却因此才得以完整，从而迅速广泛地流传开来。

宝黛钗的爱情悲剧

《红楼梦》主要描写的是贾宝玉、林黛玉、薛宝钗的爱情悲剧。生活在封建贵族大家庭中的宝黛二人深深相爱，同时想摆脱旧礼教的束缚，但苦于没有出路。最终，在长辈们的包办婚姻下，林黛玉受尽歧视，害病死去；贾宝玉丢下新婚妻子宝钗，离家出走当了和尚；而那个贵族大家庭，在享尽荣华富贵之后，不久也走上了一败涂地的凄惨结局。

王熙凤是《红楼梦》中主要的人物，别称凤辣子，是荣国府的管事女主人，其夫为贾琏，因此下人称她为琏二奶奶。

多而不乱的人物关系

《红楼梦》的人物众多是古今中外文艺作品中所罕见的，从封建社会上层的皇亲国戚、王府官衙，到市井商户、小巷寒门、寺庙妓院，一直伸展到村野农家……出现在书中的各色人物，据统计有四百数十人之多。把这么多的人和相关的事情安排在一部小说里，却没有让小说落入"千部一腔，千人一面"的俗套里，没有使读者感到繁乱。可见作者在安排小说结构和刻画人物性格方面的高超技巧及创作上的用心良苦。

精彩篇章

不一时，只见三个奶嬷嬷并五六个丫鬟，簇拥着三个姊妹来了。第一个肌肤微丰，合中身材，腮凝新荔，鼻腻鹅脂，温柔沉默，观之可亲。第二个削肩细腰，长挑身材，鸭蛋脸面，俊眼修眉，顾盼神飞，文彩精华，见之忘俗。第三个身量未足，形容尚小。其钗环裙袄，三人皆是一样的妆饰。

《红楼梦》以丰富的内容、深刻的思想和精湛的艺术，把中国古典小说创作推向最高峰。这部"十年辛苦不寻常"的杰作在世界文学史上产生了深远影响，有关《红楼梦》的话题从未停止过。

聊斋志异

"写鬼写妖高人一等,刺贪刺虐入骨三分。"自从《聊斋志异》诞生以来,就被称为中国文学界一朵独一无二的奇葩,成为了解中国传统道德、神话和民间传说不可多得的一部著作,散发出独特的魅力。每一位读者,都会被《聊斋志异》所吸引,不忍释卷。

蒲松龄

作者简介

《聊斋志异》的作者为清代初期文学家蒲松龄,他曾经热衷科举,但却屡试不第,于是就萌发出创造一部鞭笞封建社会不合理现象的小说。为了不和当时的社会制度相抵触,他选择了志怪小说的形式,将许多独自成篇的志怪小说编辑在一起,创作出对后世文学影响极深的一部小说,后来这部小说以他的书房之名,命名为《聊斋志异》。

写鬼写妖高人一等

在《聊斋志异》中,记述了大量关于鬼怪花妖的故事,如写鬼的《聂小倩》《画皮》等,写妖的《小翠》《婴宁》等。这些故事来自于乡间传说,同时也融入了作者自己的创作,使得同样写鬼写妖的故事,却有各自的情节和隐义,几乎每个故事读来都截然不同。也正是因为如此,《聊斋志异》深受读者喜爱。

《聊斋志异》中有大量鬼怪花妖的故事

刺贪刺虐入骨三分

《聊斋志异》借助鬼怪故事，来讽刺社会中黑暗的一面。比如《席方平》中，作者借主人公席方平在阴间的遭遇，揭露了封建官场中贪污受贿之风严重，日趋没落。不过在这篇故事结尾，冥王等污吏受到天帝严惩，而席方平父子也获得了补偿，减弱了揭露封建社会黑暗本质的力度。总体而言，《聊斋志异》在揭露旧社会黑暗的一面中有着非常独特的地位。

重要的地位

鲁迅在《中国小说史略》中认为《聊斋志异》"用传奇法，而以志怪，变幻之状，如在目前"。认为《聊斋志异》在继承唐传奇写法的同时，用以表述志怪题材，是对中国传统小说新体裁的一次尝试。尽管随着时代的变迁，白话文小说逐渐取代了文言文小说，但是《聊斋志异》依旧在中国文学中占有独特的地位。

精彩篇章

异史氏曰："天子偶用一物，未必不过此已忘，而奉行者即为定例，加以官贪吏虐，民日贴妇卖儿，更无休止。故天子一跬步皆关民命，不可忽也。独是成氏子以蠹贫，以促织富，裘马扬扬。当其为里正受扑责时，岂意其至此哉！天将以酬长厚者，遂使抚臣、令尹，并受促织恩荫。闻之：一人飞升，仙及鸡犬。信夫！"

《聊斋志异》中的许多故事中都出现了美貌女子，这些女子虽然都是精怪，但是却有情有义。可以说，在所有的中国古代文学作品中，只有《聊斋志异》是反对封建制度和观念的最强烈的作品，它借助鬼神之说，对落后的习俗和观念进行鞭笞，赢得了后人的喜爱。

鲁滨孙漂流记

《鲁滨孙漂流记》是英国文学史上第一部现实主义小说，这部小说情节真实质朴、亲切自然，是一部雅俗共赏的好作品。《鲁滨孙漂流记》自诞生以来就深受世界各地读者的喜爱，至今在世界文坛中享有一席之地。

丹尼尔·笛福
(1660—1731)，英国启蒙时期现实主义小说的奠基人。

精彩的人生

丹尼尔·笛福在英国文学史上被誉为"小说之父"。1660年，笛福出生在英国伦敦，他受过中等教育，没有上过大学。青年时代的笛福已成为伦敦一个体面的商人，经营过内衣、烟酒业等，还当过情报员。他反对封建专制，主张发展资本主义工商业，因撰写抨击国王和执政党的文章而数次入狱。

由于政论文章给笛福带来很多麻烦，他便转向小说创作。

大器晚成

笛福开始写作小说时已经59岁了。1719年，笛福写了第一部小说《鲁滨孙漂流记》，从而一举成名。这部小说是笛福受当时一个真实的故事的启发而创作的：一名叫亚历山大·赛尔科克的苏格兰水手在海上与船长发生争吵，被船长遗弃在大西洋中的一个岛上。他在孑然一身的情况下，顽强地生存了四年多，最终被救回英国。

鲁滨孙在荒岛生活的第24年，岛上来了一群野人，带着准备杀死、吃掉的俘虏。鲁滨孙发现后，救出了其中的一个俘虏，给他取名为"星期五"。此后，"星期五"成了鲁滨孙忠实的仆人和朋友。

《鲁滨孙漂流记》插图，表现的是鲁滨孙刚登上荒岛的情景。

《鲁滨孙漂流记》插图，描绘了鲁滨孙在荒岛上建起木屋的情景。

《鲁滨孙漂流记》插图，描绘了鲁滨孙自制木筏的情景。

鲁滨孙的冒险故事

《鲁滨孙漂流记》是笛福最出色的一部小说，小说写的是主人公鲁滨孙不安于平庸的生活，不断到海外冒险，结果流落荒岛的故事。在荒岛上，他以顽强的意志生存了下来。他建起了小木屋、制作了简单的工具，种植了庄稼，还救下了一个俘虏，这个俘虏成为他的忠实奴仆，鲁滨孙给他取名为"星期五"。在岛上生活了35年之后，鲁滨孙终于和"星期五"回到了英国。

鲜活的形象

笛福创作了鲁滨孙这个血肉丰满的人物形象，他是世界文学史上第一个活生生的、具体的平民资产阶级正面形象，恩格斯称他为"真正的资产者"。《鲁滨孙漂流记》表现了强烈的资产阶级进取精神和启蒙意识，许多思想家常常从中汲取养分，马克思和恩格斯就曾多次引用鲁滨孙的故事来分析资产阶级的本性。

精彩篇章

总的来说，事实证明，我当前的不幸处境，是世界上很少有的。可是，即使在这样的处境中，也有一些消极的东西或积极的东西值得感谢。我希望世上的人都要从我最不幸的处境中取得一个经验教训，这教训就是：在最不幸的处境中，我们也可以把好处和坏处对照起来看，从而找到聊以自慰的事情。

国富论

在西方文明的发展史上,有一部著作的发表标志着经济学作为一门独立学科的诞生,这部著作就是举世闻名的《国富论》。时至今日,它仍是所有想了解经济学知识的人的必读书,被誉为影响世界的十大著作之一。

亚当·斯密（1723—1790）所著的《国富论》是第一本试图阐述欧洲产业和商业发展历史的著作。

身世坎坷的奇才

亚当·斯密是经济学的主要创立者。他1723年出生在苏格兰法夫郡,父亲在他出生几个月前就去世了,亚当·斯密一直与母亲相依为命,终身未娶。青年时期的亚当·斯密曾在道格拉斯大学、牛津大学求学,他性情羞涩,发表演说时常常因害羞而口吃,但是只要一研究起学问来,他就会表现出异常的专注,常常为此而废寝忘食。

现代经济学之父

1768年,亚当·斯密着手著述《国民财富的性质和原因的研究》,简称《国富论》。1773年,《国富论》已基本完成,但亚当·斯密又花了三年时间来润饰此书,所以,《国富论》最初出版于1776年。此书出版后引起了英国大众广泛的关注,甚至连欧洲大陆和美洲也为之疯狂,因此亚当·斯密被尊称为"现代经济学之父"。

1740年,亚当·斯密进入牛津大学贝利奥尔学院学习。

《国富论》的精彩内容

《国富论》是一本将经济学、哲学、历史、政治理论和实践计划以一种不可思议的方式综合在一起的书，全书共分为五卷：第一卷分析了国民财富分配的原则，第二卷讨论了资本的性质和积累方式，第三卷介绍了造成当时重视城市工商业、轻视农业的原因，第四卷分析了不同国家在不同阶段的各种经济理论，第五卷讨论了工资、地租和利润等问题。

西方经济学的"圣经"

《国富论》是第一本试图阐述欧洲产业增长和商业发展历史的著作，因此成为欧洲开展现代经济学的先驱著作。在写作方法上，《国富论》一书技巧高超，思路清晰，自出版后就被译成多国文字，拥有广泛的读者。时至今日，许多国家制定政策时都以该书的基本观点作为依据，因此这部书被誉为"西方经济学的圣经"。

精彩篇章

"劳动生产力上最大的增进，以及运用劳动时所表现的更大的熟练、技巧和判断力，似乎都是分工的结果。其原因有三：第一，劳动者的技巧因业专而日进；第二，由一种工作转到另一种工作，通常须损失不少时间，有了分工，就可以免除这种损失；第三，许多简化劳动和缩减劳动的机械的发明，使一个人能够做许多人的工作。"

亚当·斯密的经济理论是矛盾的，但他的经济政策观点却始终如一。他主张发展工业，反对政府的诸多限制工业发展的陈旧规定。上图为当时英格兰北部纽卡斯尔港区工业蓬勃发展的景象。

独立宣言

《独立宣言》是北美13个殖民地摆脱英国殖民统治的文件，它在人类历史上第一次以政治纲领的形式提出了"人人生而平等"的进步思想，对美国历史以至整个世界历史的发展都产生了深远影响。

杰弗逊提出的"人人生而平等"的理念，一直在全世界为人们所传颂。

《独立宣言》的诞生

18世纪六七十年代，英国和其北美殖民地之间的关系日益紧张。1775年，在莱克星顿和康科德城爆发了战争，这标志着美国革命战争的开始。在1776年6月7日召开的第二届大陆会议中，委员会指定由托马斯·杰弗逊、约翰·亚当斯和本杰明·富兰克林等人起草《独立宣言》。7月4日，《独立宣言》获得通过，并分送北美13个殖民地的议会签署及批准。

《独立宣言》的内容

杰弗逊起草了《独立宣言》的第一稿，富兰克林等人又对此进行了润色，后来大陆会议又对《独立宣言》作了重大修改。所以定稿后的《独立宣言》包括三个部分：第一部分阐明了民主与自由的哲学；第二部分列举若干具体的不平等事例，以证明乔治三世破坏了美国的自由；第三部分郑重宣布独立，并宣誓支持该项宣言。

富兰克林不仅是杰出的社会活动家，还是美国历史上第一位享有国际声誉的科学家和发明家。

进步的民主思想

《独立宣言》的基本精神是强调人具有与生俱来的权利，这些权利绝不应该被剥夺，这些权利包括"生命、自由和追求幸福的权利"。《独立宣言》还提出，人民是主权者，政府的一切权力来自人民，政府应服从人民的意志；一旦政府不履行职责，侵犯人民的权利，人民就有权改变或推翻它，这在当时都是非常进步的民主思想。

图为杰弗逊起草《独立宣言》时的情景。

伟大的历史意义

作为一份伟大的政治文件，《独立宣言》代表了广大殖民地人民的心声，自1776年以来，《独立宣言》中所体现的原则就一直在全世界为人传诵。《独立宣言》为美国此后两百多年的发展奠定了思想基础，极大地鼓舞了北美人民的革命斗志，并直接影响了法国大革命，对亚洲、拉丁美洲的民族独立运动也起了一定的推动作用。

精彩篇章

我们认为下面这些真理是不言而喻的：人人生而平等，造物者赋予他们若干不可剥夺的权利，其中包括生命权、自由权和追求幸福的权利。为了保障这些权利，人类才在他们之间建立政府，而政府之正当权力，是经被治理者的同意而产生的。

华盛顿为美国的独立作出了巨大贡献，他也由此成为美国的开国总统。

雾都孤儿

在英国文学史上，19世纪是群星灿烂的小说鼎盛时代。在耀眼的群星中，狄更斯是一颗最为光彩照人的明星。这位高产的作家为我们留下了《雾都孤儿》《大卫·科波菲尔》《双城记》等众多优秀作品，创造了英国小说史上的奇迹。

查尔斯·狄更斯（1812—1870），英国19世纪伟大的批判现实主义作家。

自学成才的作家

1812年2月7日，狄更斯出生于英国朴次茅斯。他从小就喜欢躲在家里的阁楼上，津津有味地阅读一本又一本的小说。随着家境日渐贫困，狄更斯只得跟随家人四处奔波，他做过皮鞋油工厂的学徒、在法院当过速记员，从小就饱尝生活的艰辛。艰难的生活使狄更斯拥有了丰富的阅历，为他以后的写作积累了宝贵的素材。最终，他成为一位自学成才的作家。

奥列佛的故事

1838年，狄更斯创作了一部感人至深的社会小说——《雾都孤儿》。这部小说以雾都伦敦为背景，讲述了主人公奥列佛·特威斯特悲惨的身世及遭遇。奥列佛在孤儿院长大，因不堪忍受屈辱和饥饿逃往伦敦，不幸又误入贼窝，被迫与狠毒的凶徒为伍，历尽无数辛酸，最后在善良人的帮助下，奥列佛的身世终于大白，并获得了幸福。

左图为《雾都孤儿》中的一个情景：当饥饿的小奥列佛斗胆向胖领事要求添一点儿粥时，遭到了胖领事的打骂，并因此受到董事会的惩罚。这个场景从一个侧面揭示了孤儿院的悲惨生活。

深刻的现实意义

在《雾都孤儿》这部小说中，狄更斯以深刻的笔触描写了资本主义社会穷苦儿童的悲惨生活，赞扬了人们天性中的正直和善良，无情地揭露和鞭挞了资本主义社会的黑暗和虚伪。小说的结局是正义战胜了邪恶，这是狄更斯心中的美好愿望。他借这部小说呼唤社会的道德力量，因此小说本身具有深刻的现实意义。

狄更斯的语言魅力

狄更斯是一位幽默大师，常常用妙趣横生的语言讲述人间真相，让人深受感动。他把现实的社会生活作为自己取材的对象，竭力挖掘其中的内涵。在《雾都孤儿》中，个性化的语言为这部小说增色不少。小说里的人物身份复杂，无论是流氓、盗贼还是妓女的语言都十分切合其身份，由此可见狄更斯非凡的观察能力和超强的语言加工能力。

精彩篇章

"这是一个没有任何特征的小镇——破败的建筑，年久失修的道路，沿街叫卖的小贩，使它和伦敦郊区的任何小镇一样。大街上马车日复一日吱吱地驶过，太阳一天天地升起落下。在这些破败的建筑中，有一座早已有之、不知存在了多久的大宅子。它就是济贫院，收留穷人和倒霉蛋的地方，我们的主人公就在这里出生了。"

《雾都孤儿》中描绘的伦敦街头许多可怜的孤儿们正等着好心人收养的场景。

悲惨世界

雨果是19世纪前期积极浪漫主义文学运动的领袖，他一生追随时代步伐前进，是法国文学史上一位重要的作家。在长达六十多年的创作生涯中，他为法国及世界文学宝库留下了一份丰厚的遗产。

雨果（1802—1885），19世纪法国浪漫主义文学运动的领袖。

感悟民生疾苦

雨果是一位深具责任感的作家，他有感于法国社会的黑暗和民众的苦难，打算写一部反映下层人民疾苦的长篇小说《悲惨世界》。但是，就在这部小说着手不久，二月革命爆发了，小说的创作被迫中断。几年后，雨果参加了共和党人组织的反政变起义。路易·波拿巴上台后建立了法兰西第二帝国，雨果遭到迫害，不得不流亡国外。他在流亡期间完成了《悲惨世界》的创作。

法国社会的缩影

雨果在《悲惨世界》中塑造了几百个形形色色的人物，每个人物的身份、性格、生存的环境都迥然不同，他们各自都是一类人的代表，是一种品质的代表，是一段社会时期的缩影。冉·阿让一生忍辱负重，在社会不公和心灵激烈挣扎的抗衡中，他完成了由恶及善的蜕变；芳汀一生凄苦，甘愿为女儿奉献自己的一切；珂赛特单纯率真，不受世俗的玷污，最终和马吕斯成为眷属。

雨果1862年的原著中的插图，描绘的是珂赛特悲惨的生活。此插图由雨果最喜爱的插画家艾密尔·贝亚德所绘。

《悲惨世界》插图,表现的是珂赛特生病了,芳汀十分痛苦。

精彩篇章

珂赛特用她那天真悲愁的智慧去估计那道横亘在她和那玩偶间的深渊。她向她自己说,只有王后,至少也得是个公主,才能得到这样一样"东西"。她细细端详着那件美丽的粉红袍,光滑的头发,她心里在想:"这娃娃,她该多么幸福呵!"她的眼睛离不了那家五光十色的店铺。她越看越眼花。她以为看见了天堂。

规模庞大的生活画卷

在《悲惨世界》中,雨果描述了从拿破仑在滑铁卢的失败直到反对七月王朝的人民起义这一阶段的历史面貌,绘制了一幅规模庞大的社会和政治生活的图画。全书通过描述逃犯冉·阿让和流落街头的妇女芳汀以及她的女儿珂赛特三位中心人物的悲惨遭遇,深刻揭示了资本主义社会的黑暗和腐朽,并对社会上一切不合理和不公平的现象进行了谴责和控诉。

正义凛然的作家

贯穿雨果一生活动和创作的主导思想是人道主义、反对暴力、以爱制"恶"。1861年,当雨果得知英法侵略者纵火焚烧了圆明园,他义正辞严地写道:"法兰西帝国从这次胜利中获得了一半赃物,现在它又天真得仿佛自己就是真正的物主似的。我渴望有朝一日法国能把这些财富还给被劫掠的中国。"正是这种正义的驱使,雨果才创作了那些闪耀着人道主义光辉的伟大作品。

儒林外史

《儒林外史》是我国清代小说家吴敬梓创作的一部杰出的现实主义长篇讽刺小说,主要描写封建社会后期知识分子及官绅的活动和精神面貌,揭示了封建科举制度的腐朽和荒唐,讽刺了因热衷功名富贵而造成的极端虚伪、恶劣的社会风习。小说的作者吴敬梓也凭借此书确立了他在中国文学史上的杰出地位。

吴敬梓(1701—1754)字敏轩,一字文木,号粒民,安徽全椒人,清代现实主义作家。吴敬梓因自故乡安徽全椒移居江苏南京,所以自称"秦淮寓客"。

藐视科考的知识分子

吴敬梓出身于仕宦名门,从小受过良好教育,很有文学天赋。年少时因跟随到各处做官的父亲而有机会见识官场的大量内幕。吴敬梓成年后,父亲去世,家族内部经历了激烈的财权之争。吴敬梓愤慨之下,无意进取功名。一次,安徽巡抚推荐他应博学鸿词考试,他竟装病不去。后来他卖尽家田,一直过着清贫的生活。直到晚年,才创作出了长篇讽刺小说《儒林外史》,耗时将近20年。

夸张的讽刺语言

《儒林外史》最鲜明的特色就是运用生动形象的夸张手法来达到讽刺效果。如写范进中举发疯,一出门就让他摔了一跤,故意出这个新中举人的洋相:"走出大门不对路,一脚踹在塘里,挣起来,头发都跌散了,两手黄泥,淋淋漓漓一身的水,众人拉他不住,一直走到集上去了。"作者三言两语,就把深受科举之害的范进的迂腐的形象,刻画得淋漓尽致。

范进中举

《儒林外史》中有一段关于范进中举的故事：范进原先是一个穷书生，街坊四邻以及自己的老丈人胡屠户对他整日讥笑嘲讽。而范进为了考取功名也不惜让自己的家人饱受饥饿。终于有一天，范进中了举人，但是他一下子没法相信这个太突然的好消息，竟然神经错乱疯了起来。最终被胡屠户一巴掌打醒，才恢复了正常。老丈人及街坊们从此不再瞧不起范进，反而奉承恭维起来。由此可见，当时科举制度对读书人的迫害程度有多深。

话说严监生临死之时，伸着两个指头，总不肯断气，几个侄儿和些家人，都来讧乱着问；有说为两个人的，有说为两件事的，有说为两处田地的，纷纷不一，却只管摇头不是。赵氏分开众人，走上前道："老爷！只有我能知道你的心事。你是为那盏灯里点的是两茎灯草，不放心，恐费了油；我如今挑掉一茎就是了。"说罢，忙走去挑掉一茎；众人看严监生时，点一点头，把手垂下，登时就没了气。

被译成多种文字的书

《儒林外史》被鲁迅先生评价为"乃始有足称讽刺之书"。它是我国古代讽刺文学的典范，不仅直接影响了近代谴责小说，而且对现代讽刺文学也有深刻的启发。现在，《儒林外史》已被译成英、法、德、俄、日等多种文字，成为一部世界性的文学名著。

> 范进得知自己中了举人，竟然高兴得发了疯，深刻地反映了封建文人为了功名而疯狂的社会现实。

战争与和平

列夫·托尔斯泰是俄罗斯最伟大的作家之一,他在俄罗斯文学史上创作时间之长、作品数量之多、影响力之深远,是其他任何一位作家所不能及的。他的宏篇巨制《战争与和平》被誉为"有史以来最伟大的小说"。

"我写作是因为我喜欢,虽然我知道它是一项非常艰辛的工作,但是我还是要写。"这正是托尔斯泰一生不懈追求的写照。

确立一生的事业

1828 年 8 月 28 日,托尔斯泰出生在图拉省的一个贵族家庭,尽管父母早亡,但他在姑母的抚养下得以幸福长大。托尔斯泰从小就接受了贵族式教育。在大学期间,托尔斯泰开始广泛阅读文学作品,并受到卢梭、孟德斯鸠等启蒙思想家影响。后来,托尔斯泰确立了他一生为之奋斗的崇高事业——文学创作,开始全身心地投入写作,处女作《童年》就诞生于这一时期。

创作史上的里程碑

1862 年 9 月,托尔斯泰步入了婚姻的殿堂,他在闲暇中构思了影响 19 世纪整个小说界的巨著——《战争与和平》。这是一部长篇历史小说,从构思到完成历时 7 年之久,这部作品是托尔斯泰创作历程中的第一个里程碑。《战争与和平》是一部反映俄罗斯在历史转折时期命运的巨幅画卷,被誉为是"时代的史诗"。

托尔斯泰的晚年生活趋于平民化,在这间简陋的屋子里,他废寝忘食地进行创作,并苦苦探寻自己一直想要追寻的真理。

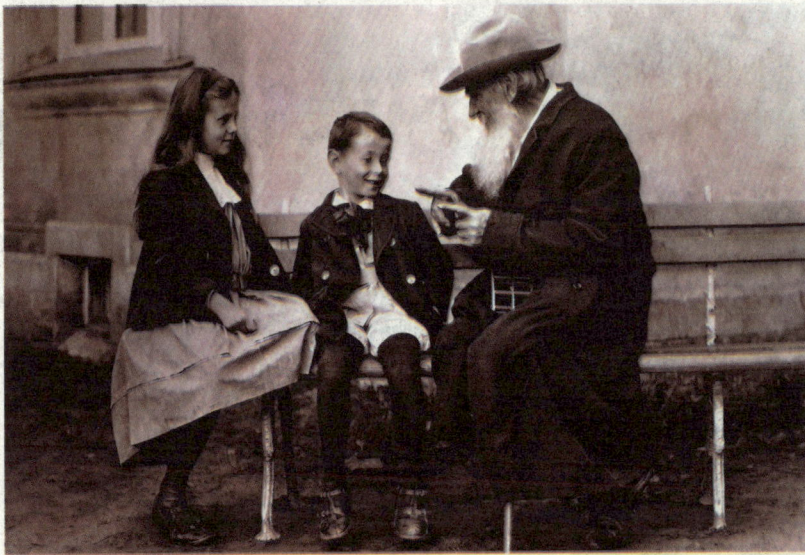

慈祥的托尔斯泰在给他的孙子们讲故事。

气势恢弘的史诗

《战争与和平》以库拉金、包尔康斯基、劳斯托夫、别祖霍夫四家贵族的生活为线索，展示了19世纪最初15年的俄国历史，描绘了各个阶级的生活，真实地再现了当时的社会风貌。小说中出场的人物有五百多位，其中贵族青年安德烈、彼尔让人印象最为深刻。娜塔莎是《战争与和平》中最动人的女性形象，她是生命和幸福的化身。

穿越时空，魅力不减

《战争与和平》的问世在俄罗斯文坛激起了强烈的反响，这部作品奠定了托尔斯泰在俄罗斯和整个欧洲文学界的地位，当时著名作家冈察洛夫评价托尔斯泰说："他已成为文学界真正的雄狮。"一个多世纪以来，《战争与和平》以其缜密的构思和卓越的艺术描写成为举世公认的世界文学名著，它非凡的魅力穿越时空，影响了一人又一代人。

精彩篇章

一个人为他自己有意识地生活着，但他是全人类达到的历史目的的一种无意识的工具。人所做出的行为是无法挽回的，一个人的行为和别人的无数行为同时产生，便有了历史的意义。一个人在社会的阶梯上站得愈高，和他有关系的人愈多，他对于别人的权力愈大，他在每个行为的命定性和必然性就愈明显。

资本论

《资本论》是伟大领袖马克思献给全世界无产阶级的科学文献，它凝结着马克思一生的心血和智慧，是马克思主义理论宝库中最光辉灿烂的科学巨著。如今，马克思的进步思想已得到科学论证，并且不断被发扬光大。

卡尔·马克思（1818—1883），德国著名政治家、哲学家，马克思主义的创始人之一。

伟大的诞生

1818年5月5日，卡尔·马克思出生于德国特利尔城。他的父亲是一位有名的律师，对马克思形成丰富的思维和严密的逻辑影响很大。马克思自幼勤奋好学，善于独立思考。中学毕业后，他先后在波恩大学和柏林大学接受教育。马克思学习兴趣非常广泛，在哲学、历史学、文学等领域都取得了出色成绩，为他以后进行革命工作打下了牢固的基础。

革命的第一步

大学毕业后，马克思被聘用为《莱茵报》的编辑，后来又被委任为主编。马克思利用《莱茵报》来宣传革命思想，所以这份报纸是马克思进行革命工作的重要的第一步。由于《莱茵报》的革命民主主义倾向越来越鲜明，有关当局开始查封

在巴黎期间，马克思进行了紧张的理论研究工作。他埋头钻研了资产阶级经济学家亚当·斯密、大卫·李嘉图等人的作品，并时常到工厂、酒馆与工人阶级亲切交流，以了解工人阶级的状况。

《莱茵报》，马克思被迫流亡到伦敦。但他仍然笔耕不辍，批判资产阶级革命的局限性，并阐明无产阶级的历史使命。

辉煌的科学巨著

在流亡英国的日子中，马克思一家的生活举步为艰，可喜的是志同道合的妻子燕妮给了他莫大的支持和鼓舞。马克思每天要到大英博物馆工作近 16 个小时，为的是完成他的巨著《资本论》。无论是刮风还是下雨，马克思从未间断过，只有大英博物馆的灯光知道他的辛劳。1867 年 9 月 14 日，《资本论》第一卷在德国汉堡正式出版。

马克思与恩格斯在一起起草《共产党宣言》的情景。

影响力非凡

《资本论》第一次深刻地分析了资本主义的全部发展过程，揭露了资本主义社会内在的本质和矛盾，指出社会主义革命的必然性和共产主义的必然性。马克思的思想武装了全体工人阶级，成为无产阶级进行革命斗争的强有力的理论武器。虽然《资本论》是一百多年前的著作，但它的基本理论在今天仍然具有现实意义，是马克思留给人类的宝贵的精神财富。

与恩格斯的友谊

在马克思完成事业的过程中，对他帮助最大的人就是他的挚友——恩格斯。由于恩格斯在经济上长期资助马克思，马克思才得以长期坐在大英博物馆里撰写《资本论》。而且，恩格斯还经常把有关资料寄给马克思，并且不断提出自己的意见和建议，给马克思的写作提供了极大帮助。

精彩篇章

"万事开头难，每门科学都是如此。所以本书第一章，特别是分析商品的部分，是最难理解的。其中对价值实体和价值量的分析，我已经尽可能地做到通俗易懂。以货币形式为其完成形态的价值形式，是极无内容和极其简单的。然而，两千多年来人类智慧在这方面进行探讨的努力，并未得到什么结果。"

汤姆叔叔的小屋

在世界文学史上，有一本小说竟然引发了一场战争，这是多么不可思议的事情，而《汤姆叔叔的小屋》就是这样一本不可思议的著作。这样一本杰作，虽然是在特定历史背景下诞生的，但对美国甚至世界历史进程有着巨大的影响，它是如何做到这一点的呢？

1886年《斯托夫人的〈汤姆叔叔的小屋〉》海报

引发战争的妇人

《汤姆叔叔的小屋》作者是斯托夫人，她生活在19世纪上半叶的美国。在这个时代，美国南北方在废除奴隶制上的争论越来越激烈。1852年，斯托夫人的小说《汤姆叔叔的小屋》出版了，书中旗帜地鲜明要求废除奴隶制，由此发起了声势浩大的废奴运动。后来，当林肯总统接见斯托夫人时，就对她说："你就是引发战争的那个妇人！"

故事梗概

《汤姆叔叔的小屋》告诉了人们一个关于黑人奴隶汤姆的故事。汤姆本来是一位善良的农场主亚瑟·谢尔比的奴隶，后来谢尔比为了还债，将汤姆卖给了其他奴隶主。后来一次意外的变故，击碎了汤姆获得自由的渴望。他天生对奴隶主忠诚，但是因为拒绝奴隶主让他鞭打其他奴隶的命令，引起主人不快。最后汤姆因为支持其他黑奴逃跑，被残酷的奴隶主鞭打致死。

出生于康乃狄克州的斯托夫人，是哈特福德女子学院（Hartford Female Academy）的一名教师；同时，她也是一位积极的废奴主义者。

不凡的影响

《汤姆叔叔的小屋》一经出版，就在美国社会上引起巨大的轰动。人们纷纷同情汤姆的遭遇，呼吁废除奴隶制的声音越来越大。在南方，奴隶主们对这本书产生极度的恐惧和厌恶，他们出版了更多的书来反驳，结果无济于事。美国南北双方因为奴隶制的废除问题产生不可调和的矛盾，最终导致了美国南北战争。

伊丽莎连夜带着儿子在奴隶贩子的追捕下，跳下浮冰密布的俄亥俄河，逃到自由州，再往加拿大逃奔。

永恒的魅力

虽然美国北方在南北战争中获得胜利，从法律上废除了奴隶制，但是《汤姆叔叔的小屋》的影响力并没有因为美国社会发生巨大的变化而减弱。在小说中，黑人奴隶伊丽莎等人追求自由并为此而不懈努力的精神，鼓舞着世界上一切受到压迫和限制的人，激励他们为争取自由而努力。汤姆以自己的生命帮助他人的精神，也使作品散发出永恒的魅力。但是汤姆愚忠的选择，却是作品中存在的遗憾。

一幅1881年的剧院海报，其中展示了伊丽莎逃过冰河的场景。

精彩篇章

"是的，主人！我的的确确是这么想的，"汤姆温和地说，"那个女人的确可怜，她身体虚弱，有病在身，如果再去打她，那也太残忍了。我不忍心下手，也绝对不会下手的。主人，如果你真想要我动手教训这里的人，我肯定做不到，就算要了我的命，我也绝对做不到！"

八十天环游地球

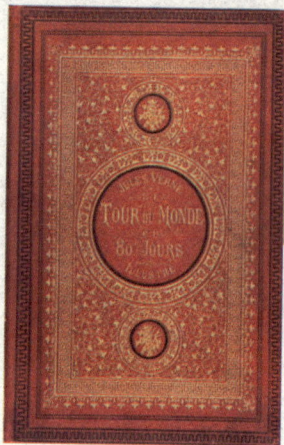

凡尔纳是法国 19 世纪著名的科幻小说家，他为我们留下了《格兰特船长的儿女》《海底两万里》《八十天环游地球》等众多杰出的科幻作品。凡尔纳的作品启发了很多科幻小说家的创作，他因此被誉为"科幻小说之父"。

《八十天环游地球》首次出版时的封面。

爱幻想的孩子

儒勒·凡尔纳于 1828 年出生于法国海港城市南特。凡尔纳从小就热爱海洋，向往远航探险。童年时期，他常常坐在码头上，听水手们讲述远方的故事，一边幻想着自己有一天能够体验充满冒险的海上生活。大学期间，凡尔纳遵从父愿学习法律，但是他对法律毫无兴趣，而是爱上了诗歌和戏剧。后来，他得到了作家大仲马的提携，正式走上了文学创作之路。

创造科幻小说的奇迹

1863 年起，凡尔纳开始创作科幻小说，他的第一部科幻小说是《气球上的星期五》。这部小说完成后，凡尔纳跑了 16 家出版社，都遭到了拒绝。他一气之下要把这本书的手稿扔进火里，幸亏被他的妻子看见了，从火里抢了出来，并亲自送到了第 17 家出版社。一个叫赫茨尔的编辑非常赞赏这本书，同意出版此书。小说刚一上市，立刻轰动了法国文坛，从此凡尔纳又陆续创作了几十本科幻著作。

凡尔纳被称为"科学时代的预言家"，许多科学家都曾谈到他们是受凡尔纳作品的启迪，才走上了科学之路的。

凡尔纳的家族有航海传统,这一点深深地影响了他日后的写作。童年时期,他曾私自出走,企图随一艘商船出海,但被发现后送回了家,从此父母对他严加看管。他为此十分苦恼,只好向父母保证以后只"躺在床上在幻想中旅行"。图为凡尔纳少年时期的雕像。

惊险有趣的情节

《八十天环游地球》是凡尔纳最著名的小说之一,也是世界科幻小说的经典之作。该书讲述的是英国绅士福克因为在改良俱乐部同牌友们打赌,而从伦敦出发,用 80 天的时间环游地球一周的故事。在旅途中,福克和他的中国仆人路路通克服了重重艰难险阻,游历了印度、中国、日本、美国等国家,最终安全回到伦敦,获得了胜利。

幻想的魅力

凡尔纳是一位把科学与文学巧妙结合起来的大师,在他的科幻作品里,读者时刻都会享受到奇异的想象之旅:时而进入炽热的火山,时而下到深邃的海底,时而又穿越未知的国度,甚至飞向神秘的月球,凡尔纳超凡的想象力让人叹为观止。一百多年来,凡尔纳的作品一直受到世界各地读者的欢迎,并且不断被搬上荧幕,在世界艺术舞台上施展着永恒的魅力。

精彩篇章

路路通机械地做着动身前的准备工作。"要八十天绕地球一圈!我这是跟疯子打交道吗?不会是真的,他大概是在开玩笑?要上杜伏勒去,好吧,还要去加莱,行啊,总而言之,出门旅行,这位棒小伙子也并不十分反对。五年以来,他一直没有踏过祖国的大地。这回八成会去巴黎,他很高兴再看看法国的首都,这位从来不爱多走路的绅士,一定会在巴黎停下来。"

官场现形记

李宝嘉

20世纪初期，腐朽的清王朝行将就木，导致清王朝灭亡的因素很多，不过从一部小说中，读者还是可以窥探到，庞大的清王朝的倒塌，和它自身的重重问题，是有着不可分割的联系的。这本书就是晚清四大谴责小说之一——《官场现形记》。

南亭亭长

《官场现形记》的作者为"南亭亭长"，真名为李伯元，是清末著名的谴责小说作者。李伯元作为生活在19世纪末到20世纪初期的中国知识分子，目睹了清王朝的腐败而导致国家的衰落，"有心杀贼，无力回天"，气愤之余，以笔为剑，通过小说形式，揭露清朝官场的腐败黑暗，由此揭示了清王朝必然灭亡的命运。

群丑咸集

《官场现形记》如同一面镜子，清王朝官场上各类贪官污吏、佞臣昏爵的丑态，都可以从这面镜子中看得一清二楚。小说中贾大少爷花费万两白银，换来华中堂一句"多碰头，少说话"的做官秘诀，清王朝的腐朽跃然纸上。而羊统领虚报兵勇名额，吞吃饷银差额，更是指出清王朝面临巨大的军事危机，由此可知清朝军队作战力低下的原

晚清时期，社会动荡不安，革命党人活动频繁，一些文人预感到社会大变革将给古老的中国带来翻天覆地的变化，以前那"小桥流水人家"的封闭景象将一去不返，《孽海花》就是在这样的情况下诞生的。

由于晚清官场的污浊、吏治的败坏、统治集团的腐朽，各种古怪现象横行也就不足为奇了。

因。像这类揭露清王朝腐朽的情节在书中比比皆是。

公正不申

随着清王朝的腐朽和没落，社会正气也逐渐消退。在《官场现形记》中，申义甫祖上以好善乐捐闻名，因此遇到灾年需要赈捐，都由申氏家族来办理，结果申家赈捐，"经手私肥"，越来越富。诸如此类故事，在《官场现形记》中多有记述，小说借此类社会乱象预示：清王朝的统治已经彻底不得民心，灭亡只是时间问题。

巨大的影响

《官场现形记》刊出后，立刻在全国引起了广泛的关注，同时对人民认清清王朝真面目有着不可忽视的作用。据说慈禧太后曾看过书中故事，认为大清不振，是贪官污吏太多的原因，于是按照书中故事，逐一惩办相关官吏。而下层官吏们也关注《官场现形记》，希望从中找到升官发财的捷径。

精彩篇章

华中堂是收过他一万银子古董的，见了面问长问短，甚是关切。后来贾大少爷请教他道："明日召见，门生见了上头要碰头不要碰头？"华中堂只听得"碰头"二字，连连回答道："多碰头，少说话，是做官的秘诀。……"贾大少爷忙分辩道："门生说的是，上头问着门生的父亲，自然要碰头；倘若问不着，也要碰头不要碰头？"华中堂道："上头不问你，你千万不要多说话。应该碰头的地方又万万不要忘记不碰；就是不该碰，你多碰头总没有处分的。"

梦 的解析

曾经有科学家对20世纪最有影响力的人物的排名做过调查，上榜的有马克思、爱因斯坦等人，但排在第一位的却是心理分析学家弗洛伊德，他的《梦的解析》一书深刻地揭示了人类的心灵，被认为是"改变历史"的著作。

弗洛伊德（1856—1939），奥地利精神分析学家，精神分析学的创始人。著作《梦的解析》《精神分析引论》等。

精神分析学的创始人

说到心理分析学说，我们不能不提到奥地利著名心理学家西格蒙德·弗洛伊德。1856年，弗洛伊德出生在弗赖贝格市，四岁时他随家人迁居维也纳，此后在这里度过了人生的大部分时光。弗洛伊德从小就是个出类拔萃的孩子，在维也纳大学获得医学学位后，他在一个精神病诊所行医，致力于心理学研究，后来终于成为世界著名心理学家。

对梦的科学探索

1896年10月，弗洛伊德的父亲去世，他深感悲痛，促使他在原先研究理论的基础上开始进行自我分析，并开始写作《梦的解析》一书。

1900年，《梦的解析》问世，奠定了他成为精神分析学创始人的地位。《梦的解析》是弗洛伊德对人类学、宗教、心理学和文学著作进行了五六年的研究，又连

弗洛伊德在进行精神分析时，让患者躺在沙发上，他则坐在患者头部后方椅子上（照片上方的四脚椅），以不让患者看见自己为原则，进行言谈治疗。

续两年对自己所做的梦做了分析之后写出来的。在这本书中，弗洛伊德把梦的实质理解为梦"是一种愿望达成，它可以算是一种清醒状态精神活动的延续"，是由高度错综复杂的智慧活动所产生的；并认为儿童的梦是愿望的满足，成人的梦也是如此。弗洛伊德认为，通过对梦的分析可以窥见人的内部心理，探究其潜意识中的欲望和冲突。

划时代的巨著

《梦的解析》是弗洛伊德对心理学最重要的贡献，全书共分为7章。在这本关于梦的著作中，弗洛伊德详尽地叙述了前人和同时代人的有关梦的理论，解析了愿望满足的原理，描述了俄狄浦斯（恋母）情结，讨论了幼儿生活对成人条件作用的不可避免的影响。可以说，《梦的解析》发掘了人性的另一面，揭开了人类心灵的许多奥秘。

弗洛伊德说："梦是人的潜意识在作怪。"他称施温德的这幅《囚犯的梦》为"欲望实现"的典型。

弗洛伊德的影响

《梦的解析》出版的最初十年并未引起人们的关注，但几十年过去后，这本书被许多西方学者看做是一本震撼世界的书，在西方影响十分深远，大大推动了精神分析学说的发展。弗洛伊德的许多心理分析观点使人类的思想发生了彻底的革命，尽管他的学说一直存在着争论，但他仍不愧为是人类思想史上的一位伟大的人物。

精彩篇章

我曾注意到，在我的精神分析工作中，一个人在"反省"时的心里状态与他自己观察自己的心理运作过程，是完全不同的。"反省"通常较专心做"自我观察"，所需的精神活动较大，当一个人在反省时，往往愁眉深锁、神色凝重，而当他作自我观察时，却往往仍保持那份悠闲飘逸。

呐喊

鲁迅的小说集《呐喊》是中国现代白话小说的奠基之作和经典之作,也是一部具有鲜明的反封建思想和强烈的艺术感染力的作品。半个多世纪以来,它以无穷的魅力征服了世界各国的读者。

1881-1936

鲁迅是新文化运动的领导人、左翼文化运动的支持者,他的作品对"五四运动"以后的中国文学产生了深刻的影响。

一生甘为孺子牛

1881年,鲁迅出生在浙江绍兴一个地主家庭,少年时家道中落,使他饱尝了生活的艰辛。18岁时,鲁迅进入南京水师学堂学习,他成绩优异,获得了公费到日本留学的机会。在留学期间,鲁迅本想通过学习先进的医学来救国,但他发现医学不能救国,于是毅然弃医从文,渴望唤起中国人的思想觉悟。从此,他用手中笔战斗了一生。

旗帜鲜明的斗士

1918年5月,鲁迅发了第一篇白话小说《狂人日记》,这是现代文学史上的第一篇白话小说。在这部作品中,鲁迅猛烈抨击封建礼教,奠定了新文学运动的基础。在此后的几年中,鲁迅写了《孔乙己》《药》《明天》《一件小事》等许多反帝反封建的战斗性很强的小说和杂文,收录在小说集《呐喊》中。

自欺欺人的孔乙己

《孔乙己》是《呐喊》中的一篇代表作,描写了孔乙己这个清末下层知识分子的形象。他苦读半生,热衷科

鲁迅7岁时开始读书,12岁师从寿镜吾老先生,就读于三味书屋,他有许多作品都是以此为题材的。

举，一心向上爬，在《四书》《五经》中耗掉了年华，落到即将求乞的境地。然而，他却自欺欺人，自命不凡，喜欢说"之乎者也"一类难懂的话来显示自己的学问。通过对孔乙己思想性格的刻画，鲁迅把批判的矛头直指封建制度。

《孔乙己》描写了一个没落的旧时代文人的悲惨遭遇，反映了古代中国文化与现代世界变革互相冲突的一面。

无穷的艺术魅力

《呐喊》以真实、犀利的笔触描绘了从辛亥革命到五四时期的社会生活，表现出对民族生存浓重的忧患意识和对社会变革的强烈渴望。《呐喊》中描写的都是平凡人的平凡生活，没有离奇的故事，没有引人入胜的情节，却充满了无穷的艺术魅力。半个多世纪以来，《呐喊》一直魅力不减，影响了一代又一代中国人。

鲁迅

精彩篇章

闲人还不完，只撩他，于是终而至于打。阿Q在形式上打败了，被人揪住黄辫子，在壁上碰了四五个响头，闲人这才心满意足的得胜地走了，阿Q站了一刻，心里想，"我总算被儿子打了，现在的世界真不像样……"于是也心满意足的得胜地走了。

假如给我三天光明

20世纪，一个勇敢的生命震撼了全世界，她就是在黑暗的世界里寻找到光明，并把这种光明传递给全世界的伟大女性——海伦·凯勒，她的作品《假如给我三天光明》给无数读者的心灵带来了抚慰，让人们懂得了用爱心去拥抱世界。

向命运挑战

1880年6月27日，海伦·凯勒出生于亚拉巴马州北部的一个小城。在她一岁半的时候，猩红热夺去了她的视力和听力，不久，她又丧失了语言表达能力。从此，她的世界只有孤寂和灰暗。然而，在莎利文老师的帮助下，海伦·凯勒凭借顽强的毅力学会了与人交流，并以优异的成绩毕业于美国拉德克利夫学院，成为美国著名的残障教育家。

海伦·凯勒（1880—1968），美国著名残障作家、社会运动家、教育家。

生命的奇迹之作

海伦·凯勒写有十几部作品，《假如给我三天光明》是海伦·凯勒最负盛名的代表作。在这部散文作品中，她以一个身残志坚的柔弱女子的视角，告诫身体健全的人们应珍惜生命，珍惜我们拥有的一切。阅读这本书，你无时无刻都会被海伦·凯勒那颗坚强的心所打动，也会更加理解爱的含义，从而以乐观的心态去享受生活。

丰富而完整的人生

海伦·凯勒是世界

上第一个完成大学教育的盲人。她热爱生活,会骑马,喜欢音乐和戏剧,通过自学掌握了英、法、德、拉丁、希腊五种文字。海伦·凯勒用生命的全部力量处处奔走,建起了一家家慈善机构,为残疾人、妇女和儿童造福。87岁时,海伦·凯勒走完了自己的一生。

感悟海伦·凯勒的心灵

《假如给我三天光明》被美国《时代周刊》评为"伟大的经历和平凡的故事的完美结合",海伦·凯勒也被评为20世纪美国十大偶像之一。在这部作品中,有许多经典的名言,如"世界上最美丽的东西,看不见也摸不着,要靠心灵去感受。"这是海伦·凯勒用爱和生命写就的不朽之作,只有理解她的心灵,才能感受到文字所传达的深意。

精彩篇章

啊,如果给我三天光明,我会看见多少东西啊!第一天,将会是忙碌的一天。我将把我所有亲爱的朋友都叫来,长久地望着他们的脸,把他们内在美的外部迹像铭刻在我的心中。我也将会把目光停留在一个婴儿的脸上,以便能够捕捉到在生活冲突所致的个人意识尚未建立之前的那种渴望的、天真无邪的美。

海伦·凯勒在与自己的家庭教师安利·沙利文下象棋。

就业、利息和货币通论

在现代西方经济学的发展史上，有一位功勋卓著的人物，他就是约翰·梅纳德·凯恩斯。凯恩斯的杰作《就业、利息和货币通论》引起了经济学的空前革命，凯恩斯也以开创"凯恩斯革命"而著称于世。

经济学家凯恩斯

约翰·梅纳德·凯恩斯是现代西方最有影响的经济学家之一。1883 年，凯恩斯出生于一个大学教授的家庭，良好的家庭氛围使他受益终生。加上他本身聪颖好学，14 岁就获得伊顿公学奖学金。后来，他考入剑桥大学攻读经济学，开始写经济学的著作。凯恩斯一生对经济学作出了巨大贡献，被誉为资本主义的"救星""战后繁荣之父"等美称。

约翰·梅纳德·凯恩斯(1883—1946)，英国著名经济学家。

突破传统的著作

凯恩斯原来是一位自由贸易论者，直至 20 年代末仍信奉传统的自由贸易理论。1929—1933 年爆发了资本主义历史上最严重、最持久、最广泛的经济危机，凯恩斯感觉到传统的经济理论不符合现实，必须加以突破，于是潜心于经济理论的研究，开始写作《就业、利息和货币通论》，并于 1936 年将其发表。

凯恩斯认为战争结束后，应回到金本位制，他的理论给二战后的经济发展带来巨大影响。

凯恩斯最卓越的成就是他在宏观经济学上的贡献。凯恩斯主张政府应积极扮演经济舵手的角色，透过财政与货币政策来对抗经济萧条。在漫长的发展过程中，凯恩斯的经济学思想得到了广泛认同，成为 20 世纪 50 年代资本主义社会发展政策的理论支柱。

革命性的理论

在《就业、利息和货币通论》中，凯恩斯否定了传统经济学的观点，提出了国家调节经济的主张，认为没有国家的积极干预，资本主义就会灭亡。《就业、利息和货币通论》反映了 20 世纪 30 年代经济大危机时期的某些实际情况，如失业严重、资本产品大量过剩等，并提出了缓解这些矛盾的对策，为当时束手无策的资本主义世界指出了一条摆脱困境的出路。

影响力深远

在第二次世界大战后，特别是在 20 世纪五六十年代，凯恩斯的理论在西方经济学界一直占据统治地位，人们对《就业、利息和货币通论》的争议从未停止过，但这部著作最终还是被经济学界所普遍接受。凯恩斯的经济理论影响了几代人，在当今经济政策制定中仍然起着举足轻重的作用，并将继续影响未来若干年的经济思想。

轶闻趣事

我把本书命名为"就业、利息和货币通论"，用以强调前缀"通"字。这一命名的用意，在于把我对一些问题的观点和结论的特征与古典学派的进行对比。在过去一百多年里，古典学派在实践上和理论上，一直统治着我这一代统治阶级和学术界的经济思想，而我本人也是在古典学派的熏陶中成长起来的。

老人与海

《老人与海》是美国作家海明威的代表作,它讲述的是一位老年渔夫在海上捕鱼时发生的惊险故事。小说塑造了一个在逆境下仍然保持尊严,百折不挠、坚持斗争的老人形象,象征着人类不可摧毁的精神力量。《老人与海》奠定了海明威在世界文学中的突出地位,海明威也凭借此书成为诺贝尔文学奖的获得者。

HEMINGWAY

THE OLD MAN AND THE SEA

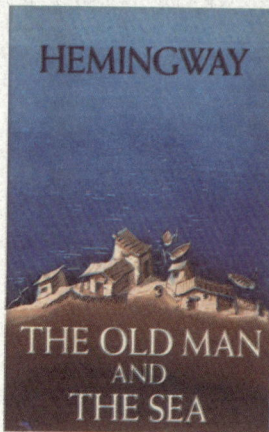

DNA 分子螺旋树的三维模型。

硬汉作家

海明威从小就勇敢坚强,酷爱户外活动和竞技比赛。左眼在训练拳击的时候受过伤,可他依然坚持写作;成年后亲身经历了两次世界大战,身上中了两百多块弹头弹片,至死都还有弹片留在身上;写作上的无数次艰辛与失败,还是无法打倒他;晚年,连续两次飞机失事,他都从大火中站了起来。他的强悍、明朗、幽默、坚强不屈的性格,在他的作品中充分地体现出来,被誉为是美国的硬汉作家。

真实的写作背景

《老人与海》这部小说是根据真人真事写的。一战结束后,海明威移居古巴,认识了老渔民富恩特斯,他们结下深厚的友谊,并且经常一起出海捕鱼。《老人与海》中的故事就是富恩特斯的一次亲身经历。海明威在《老爷》杂志上发表了一篇通讯,报道了这件事,并且觉得它是个很好的小说素材。直到1951

第一次世界大战时的海明威,刚毅、潇洒又不失稳重,战争使海明威感受深刻,之后几年,他完成了长篇小说《太阳照样升起》,反映出战火带给欧美青年的身心伤害,是"迷惘的一代"的庄严宣言。

年，海明威在古巴把这个酝酿已久的素材写成了名著《老人与海》，并得到了广泛好评。海明威本人也认为这是他"这一辈子所能写的最好的一部作品！"

老人与海的故事

《老人与海》的故事很简单，叙述主人公桑地亚哥是一位老渔夫经过重重艰险，捕获了一条巨大的马林鱼。可是在返航的途中，桑提亚哥不断遭到鲨鱼的袭击，到岸时大马林鱼只剩下鱼头、鱼尾和一条鱼脊骨。小说对大海的凄凉景象，对老人的复杂心情与回忆，对老人与鲨鱼搏斗的情景以及他与一个孩子的友情，都作了极具特色的描写，引人入胜。

《老人与海》作为海明威最著名的作品之一，它围绕一位老年古巴渔夫与一条巨大的马林鱼在离岸很远的湾流中搏斗。

深刻的象征意义

《老人与海》极具象征色彩。小说的主人公桑提亚哥实质上是人类中的勇于与强大势力搏斗的"硬汉"代表；他与代表恶势力的鲨鱼的搏斗，是人与命运搏斗的象征；马林鱼象征人生的理想；大海象征变化无常的人类社会。"一个人并不是生来就要被打败的""人尽可以被毁灭，但却不能被打败。"这就是《老人与海》想揭示的哲理。

《老人与海》曾数次被改编成电影。图为剧照

精彩篇章

老人消瘦而憔悴，脖颈上有些很深的皱纹。腮帮上有些褐斑，那是太阳在热带海面上反射的光线所引起的良性皮肤癌变。褐斑从他脸的两侧一直蔓延下去，他的双手常用绳索拉大鱼，留下了刻得很深的伤疤。但是这些伤疤中没有一块是新的。它们像无鱼可打的沙漠中被侵蚀的地方一般古老。他身上的一切都显得古老，除了那双眼睛，它们象海水一般蓝，是愉快而不肯认输的。

策　划

刘　刚

主　编

田战省

责任编辑

金敬梅　王　贺

文字编写

药乃千

装帧设计

李亚兵

图片编排

李智勤